U0031434

多多羅 著　心傳奇工作室 繪

神探邁克狐

怪盜的原則

千面怪盜篇

2

偵探守則

想要成為偵探，必須記住以下守則：

1. 絕不放過任何一個細節；
2. 絕不輕易推翻任何一種推論；
3. 持續閱讀，豐富自身的知識儲備；
4. 堅持真理和正義。

偵探簽名：________

小偵探個人檔案

請貼上你的照片吧！

姓名：

年齡：

我的優點：

我的缺點：

我喜歡的東西：

我討厭的東西：

我的夢想：

人物檔案

邁克狐

性別：男　種族：白狐

總是說著「任何罪惡都逃不過我的眼睛」的大神探，屢屢破獲奇案。

聰明帥氣，風趣優雅！悄悄告訴你，他最喜歡吃的就是棒棒糖，因為糖分能讓他的大腦轉得更快！

千面怪盜

性別：不詳　種族：不詳

被迷霧籠罩著的暗夜怪盜，沒有人知道他的名字、他的種族，甚至沒有人知道他到底是男是女。每次出現，他的偽裝都天衣無縫。他收集藝術品的目的是什麼，沒人知道。邁克狐和他的較量持續中。

啾颯

性別：男　種族：啾啾族

從啾啾島來到格蘭島打工的啾啾族水鳥，一開始不會講動物通用語的小可愛。

雖然身體小小的，卻擁有大大的勇氣與智慧。

豬警官

性別：男　種族：麝香豬

比起「杜克．嘟」這個名字，更習慣讓大家叫自己「豬警官」，因為顯得更親切。豬警官是格蘭島警察局的主力警官，奔波於各個案發現場。

雖然不是很聰明，但是富有正義感，在邁克狐探案過程中提供了強而有力的幫助。

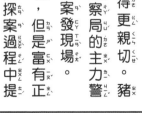

目錄

CONTENTS

01 千面怪盜的原則

今天一大早，格蘭島的各大書報攤都貼出了巨大海報，還伴隨著重複的叫賣播報聲：「號外！號外！千面怪盜連環案，警局一籌莫展。號外！號外！千面怪盜……」

大家都十分好奇大名鼎鼎的千面怪盜犯下了什麼驚天動地、匪夷所思的案子，人人都買了一份報紙，書報攤老闆手上數著錢，臉上笑開了花。

與此同時，茶壺別墅中客廳的窗簾被邁克狐拉開，隨後他轉身坐進了沙發裡，目光掃過報紙上的幾個大字：「千面怪盜連環案，警局一籌莫展」。

邁克狐盯著那個名字看了一會兒，腦海裡浮現出星光島上那個得意揚揚的身影。這次他一定要抓到千面怪盜！

格蘭島警察局裡，犀牛局長緊皺著眉頭，本就嚴肅的表情看起來又帶著幾分沉重，他對邁克狐說：「千面怪盜已經在格蘭島掀起軒然大波，邁克狐，你有什麼解決辦法嗎？」

邁克狐下定決心，抬起頭朝犀牛局長自信地說：「別擔心，千面怪盜的案子就交給我吧！你找到了我，就已經邁出了找到真相的第一步。」

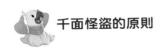

接了案子，邁克狐馬不停蹄地來到了案發現場——長頸鹿小姐被盜的書房。只見一幅巨大的油畫鬆鬆地掛在書房的牆上，露出被撬開的保險庫大門。保險庫裡空蕩蕩的，什麼都沒有了。邁克狐從自己身上的背心口袋裡拿出放大鏡，仔仔細細地觀察著門上的蛛絲馬跡，他發現，門鎖處除了有被撬過的明顯痕跡，還有一道很深的劃痕。

長頸鹿小姐吸吸鼻子，慢慢說起了當天發生的事情，「那天是我鋼琴演奏的慶功會，好多朋友都來為我慶祝，可是等到聚會結束時，卻發現書房的保險庫被偷了。嗚嗚……裡面是音樂之父巴哈的限量黑膠唱片，每一張都是無價之寶啊！嗚嗚……對了，這個是千面怪盜留下的卡片！」

說完，長頸鹿小姐將一張白色卡片遞到了邁克狐的面前。邁克狐點點頭，示意啾颯收好物證，並認真記錄下長頸鹿小姐的口供。

案情緊急，邁克狐和啾颯立即趕往下個案發地點——格蘭島上最豪華的酒店頂樓——黑豹設計師的家。邁克狐仔細詢問了黑豹設計師關於案發那天晚上的情況。

黑豹靠著椅背，漫不經心地回憶起來，「獎盃不見的那晚，我被邀請出席首席設計師舞會，也是在那天上午，我剛剛獲得了首席設計師的獎盃。但是你也知道，像我這麼優秀的設計師是不看重那些虛名的，只要客戶滿意，就是對我最大的褒獎。你說對吧，神探邁克狐？」

邁克狐微微牽動嘴角，露出勉強的笑容，回覆道：「沒錯，最最出色的設計師先生。您是不是也收到了千面怪盜留下的卡片？」

邁克狐特意在「最最出色」幾個字上加重了語氣，這讓黑豹非常滿意。黑豹指著插在門框上的一張白色卡片對邁克狐說：「喏，就是那張，案發後就一直插在那裡了，我可沒有動過。」

邁克狐點點頭，向他表示感謝，臨走時又特意檢查了門鎖，發現這裡也和長頸鹿小姐家的書房一樣，有很深的劃痕和被撬開的痕跡。

最後，邁克狐和啾颯又馬不停蹄地趕往瑜伽教練無尾熊的家。只見在桉樹林裡，有一棟建在樹上的木屋。邁克狐抱起手短腳短的啾颯，「嗖」的一下，從繩梯跳上了木屋。

邁克狐向無尾熊教練詢問案發時的狀況。

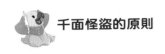

無尾熊教練回憶道：「那天是我們的會員日，按照慣例，我們會在房間裡閉目冥想。冥想開始的時候房間裡還是一切正常，但是奇怪的是，等到我們再睜開眼睛，我那條名貴的波斯掛毯卻不見了，只剩下這張千面怪盜的卡片。」

邁克狐的眉頭深鎖，問：「你們冥想的時候沒有人發現異常嗎？」

無尾熊教練連連搖頭，說：「沒有，沒有，一點異常都沒有！我的掛毯就那麼無聲無息地消失了。」

說完，無尾熊教練隨手摘下一片窗外的桉樹葉放進嘴巴裡，不好意思地說：「對不起，因為我們無尾熊只能吃幾種桉樹葉，所以為了攝取足夠的營養，我們隨時都要進食，而且總是愛睏……呼……呼……」

無尾熊教練竟然說著說著就睡著了！

啾颯有些無奈地想：「什麼冥想嘛，我看就是睡著了啾！」邁克狐和啾颯幫睡著的無尾熊教練蓋好被子，輕手輕腳地離開了他的房子，還小心地關上了門。

拜訪完受害者，回到警局的邁克狐把關於千面怪盜案件的卡片分成兩組，左邊一張是珍珠王冠案件中收到的千面怪盜的預告信，右邊三張則是剛剛在受害者處拿到的通知書。他緊皺眉頭看著桌上的四張卡片，說：「這次的案子真的很奇怪。」

犀牛局長看看卡片，又看看邁克狐，一頭霧水。

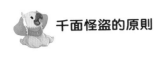

「有什麼奇怪，這案子不是很明顯嗎？這三起盜竊案全都是千面怪盜做的！」

邁克狐站起來，語氣嚴肅地說：「不對，這三起盜竊案絕對不是千面怪盜做的，我敢以我偵探的名義發誓。」

邁克狐指著桌上的卡片對犀牛局長解釋道：「我們都知道千面怪盜以雅盜聞名，一方面是因為他只對名貴的珠寶和藝術品感興趣；另一方面是因為他的作案手法非常特別，在每次作案之前，總是會留下一封用精美的花體字書寫的預告信。但是，這三起案件中失竊的物品卻包含獎盃和掛毯，這些都不該是千面怪盜的目標。另外，這三起案件中留下的卡片也不是他作案之前的標誌性預告信，而是偷盜之後的通知書。一個大名鼎鼎的盜賊怎麼可能犯下如此低級的錯誤呢？」

犀牛局長若有所思地點點頭，他被邁克狐說服了，事情真的不像表面看起來那麼簡單。突然，他一拍額頭，恍然大悟道：「我知道了，這兩種卡片根本不是出自同一人之手。所以，這次的犯人不是千面怪盜！」

邁克狐從背心的口袋中拿出一根棒棒糖，丟進嘴巴裡，心中思索：「那麼，這個冒名頂替的犯人又在哪裡呢？必須要找到新的線索……」

這時，啾颯興奮地拍打著翅膀，獻寶似的將幾張名片舉過頭頂，朝邁克狐啾啾地叫起來，「啾啾啾……啾啾啾啾……啾啾！

（啾，這是從案發地點找到的清潔公司名片，都是同一家公司啾！）」

邁克狐接過名片，一下子變得興奮起來，背後雪白的大尾巴激動地搖晃著。

「看來，這幾位受害者可能都聘請過同一家清潔公司的員工。啾颯，你真是太棒了！」

說完，邁克狐就帶著啾颯告別了還需要繼續辦公的犀牛局長，前往坐落在市中心的那家清潔公司尋找線索。誰知剛到清潔公司的大門口，就看見犀牛局長正站在樓下，朝邁克狐揮舞著手上的調查記錄。

「神探邁克狐，你終於來了！走走，我們快上去吧。」犀牛

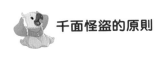

局長一改平時的嚴肅，催促著邁克狐上樓。邁克狐皺皺眉頭，突然覺得犀牛局長的行為有點反常。

綿羊祕書將他們領進一間寬敞又奢華的辦公室，房間裡到處都是金碧輝煌的雕塑，金碧輝煌的桌椅，就連窗簾都是用金線織成的。

犀牛局長不由得輕聲叫道：「我的天哪，清潔公司也太賺錢了吧！」

就在邁克狐、犀牛局長和啾颯三人交換著眼神時，詭異的事情發生了！沒有人坐的真皮座椅突然轉動起來，慢慢浮現出了一個綠色的輪廓，隨後綠色斑點越來越密集，漸漸變成了一隻變色龍。這是誰呢？

「啊！神探邁克狐？犀牛局長？真是稀客呀！不好意思，我剛剛睡著了。哦，忘了自我介紹，我就是這家清潔公司的經理，幾位來有什麼事嗎？」變色龍經理問道。

邁克狐簡單地說明了來意，變色龍經理的眼睛立刻睜得大大的，一臉不敢置信的樣子，說：「不可能！您也看到了，我公司的員工全都是善良又勤勞的綿羊，他們怎麼可能犯下盜竊罪呢。況且，您看，他們也沒有時間作案呀。」

說著，變色龍經理就用鍵盤劈里啪啦地調出了當月的值班表，值班表上清清楚楚記錄著當初為三位失主提供服務的員工的工作時間與地點，案發時，他們都在非常遠的地方工作，並沒有時間作案。

但是心細的邁克狐發現了一件奇怪的事情，變色龍經理本人的外出記錄上的工作地點和案發地點一模一樣。

當邁克狐說出自己的疑惑時，變色龍經理卻滿不在乎地攤攤手，說：「我的工作就是監督所有員工，所以你看，我每天的行程都是這些地方。」

邁克狐轉過身準備繼續尋找線索，哪知就在這時，他毛茸茸的白尾巴碰到了桌上金碧輝煌的杯子。就在杯子即將掉落地上的瞬間，變色龍經理鑽到了桌底，倒掛著用尾巴一卷，將杯子穩穩鉤住。而變色龍經理的爪子因為緊緊抓在辦公桌上，便在桌面留下了幾道長長的抓痕。

邁克狐腦中毫無頭緒的線索，突然變得清晰起來。「我知道模仿千面怪盜的人是誰了。」邁克狐用手指捏住貝雷帽的帽檐，胸有成竹地說：「變色龍經理，老實交代吧，犯人就是你！」

聽見這話的變色龍經理臉色一變，爭辯道：「你在說什麼呀，會留下卡片的盜賊，不是千面怪盜嗎？」

邁克狐推了推金絲框眼鏡，說：「這只不過是你嫁禍他人的詭計罷了！你辦公桌上留下的長長抓痕就是證據，它們與被盜房間門鎖上的抓痕一模一樣！」

變色龍經理愣了一下，然後哈哈大笑起來，「哈哈，不愧是神探邁克狐，竟然被你發現了！不過，你可休想抓住我。」

話音剛落，變色龍就哈哈笑著，在眾人的眼前消失了。糟糕，這是變色龍用來躲避天敵的天賦！

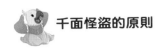

邁克狐立刻大喊道：「快關上門窗，不要讓他跑了！」

犀牛局長趕緊跑到門邊準備把大門關上，誰知在他剛到大門口的時候，從門外衝進來另一位犀牛局長。

兩位犀牛局長異口同聲地說：「你是誰？你這個冒牌貨！我才是犀牛局長，你是假的！」

所有人都驚訝得張大了嘴巴，「這是怎麼回事，怎麼會有兩個犀牛局長？」

這時，站在門邊的犀牛局長卻「噗嗤」一聲笑了出來，隨後腳尖一點，向後飛去。

隨著跳起的動作，他的身體和裝扮也發生了變化，胖胖的身體變得纖細，身上的制服也變成了黑色小禮服，手中的一頂禮

科學小站

變色龍

變色龍是一類能根據周圍環境改變自己身體顏色，躲避天敵或者隱藏自己的爬蟲綱動物喲！

不只是這樣，牠們的顏色還會因情緒狀態變化，可以用來溝通表達。對了，變色龍的舌頭又細又長，可以很快地捕捉空中的小飛蟲。

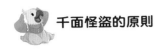

經理

帽不停旋轉，嗖的一下飛到了頭上。

他是……

犀牛局長大喊道：「千面怪盜！」

邁克狐也喊了出來，「千面怪盜！」

啾颯直喊：「啾啾啾啾！」

千面怪盜滿意地看著眾人的表情，飛身一躍站在窗前，說：「邁克狐，為了感謝你替我洗清罪名，並全力追查冒名頂替的罪犯，我也來幫你一個忙吧！」

說完，千面怪盜一揮手臂，上千隻紙鶴憑空出現，簌簌地抖動著翅膀在空中盤旋，彷彿是一陣白色的旋風，直直朝著房間裡的一個大花瓶飛去，尖尖的嘴巴同時啄向同一個地方。隨後，被啄的地方傳出一聲痛苦的哀號，鼻青臉腫的變色龍經理抱頭鼠竄，現出了本來的模樣。

警員們一擁而上，逮捕變色龍經理，「喀嚓」一聲將手銬扣在了他的手上。而目光一直鎖定著千面怪盜的邁克狐卻朝窗口撲去，大喊道：「千面怪盜，你也別想逃脫！」

當他快要抓到千面怪盜時，對方卻猛地向後一躍！邁克狐只來得及抓住千面怪盜的一片衣角，然後眼睜睜看著他往下墜落。

這時，在千面怪盜的身下奇蹟般地出現了一隻巨大的千紙鶴，穩穩地接住了他。千紙鶴像活的一樣，撲扇著翅膀向上升起，朝著遠處飛去。

犀牛局長氣急敗壞地扒在窗臺吼道：「千面怪盜，你給我站住！」

天邊只傳來千面怪盜得意的笑聲，「哈哈，我們下次再見吧！」

02 危險的「畫眉」

「麻煩大家都讓讓！」格蘭島北部森林中的一棵大榆樹下聚集了好多動物，七嘴八舌地在討論著什麼。

邁克狐正巧經過這裡，只看見黃褐色的畫眉鳥爸爸像箭一樣衝了過來，還焦急地大叫著。畫眉鳥爸爸的翅膀掠過邁克狐的肩膀，直直地向醫院的方向飛去了。

在畫眉鳥爸爸的背上，他最小的孩子小寶的爪子無力地垂下來，薄薄的絨毛全被冷汗打濕了，正嚶嚶地哭喊著：「爸爸，爸爸，我好疼啊……」

邁克狐目送畫眉鳥爸爸離開，眉毛緊緊地皺了起來。這時，大樹下的一隻小刺蝟哆哆嗦嗦地抖成一團。

邁克狐趕緊來到他身邊詢問情況，小刺蝟這才慌慌張張地說：「真是嚇死人了，我本來在樹下乘涼好好地，忽然，一個小東西差點砸到我。哎呀，可不得了，竟然是畫眉家的小朋友掉下來了！」

別的動物也聚到邁克狐身邊，七嘴八舌地討論著：「畫眉鳥媽媽一向都很仔細，這次怎麼這麼粗心啊，竟然讓自己的寶寶掉下去！」

邁克狐仰起頭看向高高的、碧綠的樹冠。密密層層的枝葉中，傳來一聲聲嘶啞的鳴叫。這是畫眉鳥的叫聲嗎？

邁克狐繞到大榆樹的另一邊，捲起衣袖，撩起格子風衣寬寬的下襬，沒幾下就爬上了樹。

他的動作又輕又快，不知不覺就爬到了畫眉鳥鳥巢所在的樹枝附近。邁克狐沒有立刻現身，而是藉著樹葉的遮擋，屏住呼吸，小心地觀察著。

從小寶墜落到現在才短短一下子，邁克狐在心中自言自語：「任何罪惡都逃不過我的眼睛。如果這件事不是意外，那麼犯罪嫌疑人說不定還在這棵樹上！」

透過枝葉間細窄的縫隙，邁克狐看見在畫眉鳥的鳥巢裡，畫眉鳥媽媽的眼淚落個不停，卻還是得張開嘴巴，把自己找來的食物餵給鳥巢裡的其他孩子。

在畫眉鳥媽媽的一窩寶寶裡，有一隻畫眉鳥寶寶的個頭甚至比畫眉鳥媽媽還要大，叫聲也比別的畫眉鳥寶寶更加嘶啞。

「哇！哇！媽媽我還餓！我還要吃！」畫眉鳥媽媽只好努力把嘴張得更大，不停地送上食物。

可是，食物都被他吃光了，別的寶寶低著頭，委屈地嘟囔著：「媽媽，我們好餓呀……」畫眉鳥媽媽只能擦擦眼淚，展開翅膀往外飛，繼續覓食去了。

這時，鳥巢裡，那隻大塊頭的鳥寶寶張開翅膀，幾乎占領了一大半的鳥巢。

「你們這些可憐的小笨蛋，怎麼配和我搶食物，哼！」鳥巢裡其他三隻畫眉鳥寶寶害怕地縮在一起，因為一直吃不到食物，他們又餓又怕，連叫聲也又細又弱。

這時，大塊頭鳥寶寶竟然揮動起翅膀，啪的一聲，將最外面的一隻畫眉鳥寶寶推了下去！一直躲在樹枝間的邁克狐縱身一躍，用尾巴鉤住樹枝，雙手一攬，一下子抱住了墜落的畫眉鳥寶寶。

他在空中一個空翻，摔落在地。那隻畫眉鳥寶寶被他護在懷裡毫髮無傷，只是一直害怕地抽泣著。

樹上的那隻個頭大的鳥寶寶看到邁克狐救了畫眉鳥寶寶，慌了起來，他撲騰著灰灰的翅膀，想要向空中逃去。

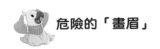

可是還沒等他飛起來，覓食成功的畫眉鳥媽媽突然落到了巢裡。她看看亂糟糟的鳥巢裡散落的羽毛，又看看巢裡的寶寶。

不好了，寶寶怎麼又少了一個呢？

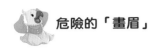

這時，個頭大的鳥寶寶眼珠一轉，一下子撲過去，緊緊地躲在畫眉鳥媽媽的身後，扯著嘶啞的喉嚨哭了起來，「媽媽！你看，弟弟被樹下的那隻狐狸抓走了！」

畫眉鳥媽媽一聽，又生氣又心疼，瞪著邁克狐問：「你是誰？為什麼傷害我的孩子？」

「畫眉女士，你聽我解釋，」邁克狐沉聲說：「你身後的大寶，根本不是你親生的孩子！」

畫眉鳥媽媽一下子僵住了。她震驚地看著邁克狐的眼睛，問道：「你……你說什麼？」

邁克狐把懷裡的畫眉鳥寶寶輕輕放到地上，指著鳥巢裡大塊頭鳥寶寶說道：「你看，他的身材明顯比畫眉鳥大得多，想想他嘶啞的聲音、驚人的食量，還有不斷受傷的其他寶寶……事實上，他根本不是你的寶寶，他是一隻杜鵑鳥寶寶。

「杜鵑鳥是鳥類中的騙子，杜鵑鳥媽媽不會孵蛋，就偷偷把自己的蛋藏在其他鳥媽媽的鳥巢裡。鳥媽媽們沒辦法分辨，會將杜鵑的孩子和自己的孩子一起孵出來。而杜鵑鳥寶寶成長得比別的雛鳥快，會不停地索取食物。」

邁克狐嚴肅地看著杜鵑鳥寶寶，「更重要的是，為了讓自己有更充足的食物，杜鵑鳥寶寶會在鳥媽媽離開鳥巢的時候，偷偷

科學小站

杜鵑鳥孵蛋

杜鵑科的成員中有一些具有特殊的托卵寄生行為，牠們不築巢，而是把蛋下在其他鳥的窩裡，讓其他鳥媽媽來撫養。等到杜鵑鳥寶寶被孵化出來，就會本能地把其他蛋或者小鳥推出巢穴。

但杜鵑也有優點，牠們能捕食害蟲，讓樹木免遭蟲害！

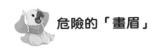

把別的寶寶推下去。」

「天哪，怎麼會這樣！」畫眉鳥媽媽看著被自己護在翅膀下的大塊頭鳥寶寶，難以置信地說：「你是說……把孩子推到樹下的是他？」

被邁克狐救下的小畫眉小聲地說：「真的是他……他還欺負我們，不讓我們告訴爸爸媽媽……」

神探邁克狐輕輕點點頭，朝樹上的畫眉鳥媽媽說：「接下來，就讓我們等著杜鵑女士過來吧，這一切就能真相大白了。」

後來，格蘭島的警員接到報案，了解事情真相之後，按照法令對杜鵑鳥寶寶的父母進行裁罰。被送到醫院的畫眉小寶寶得到了及時的治療，傷勢恢復了大半，已經能開口唱歌了。

一切真相大白，邁克狐心滿意足地提著蛋糕回到了自己的家裡，就像他說的一樣：「任何罪惡都逃不過我的眼睛！」

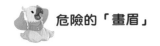

03 驕傲的神探邁克狐

今天一大早，邁克狐就來到了格蘭島警察局，不過這次他不是為了破案，而是應豬警官的邀請，當新進警員的研習講座講師。

在講座中，邁克狐分享了許多破案的方法，到了自由提問的時候，斑馬警員舉起了蹄子，問道：「邁克狐先生，您破了那麼多的案子，有沒有失敗過呢？」

聽了這個問題，邁克狐露出了微笑，他瞬間想起了很久以前的一個案子，那對他的人生產生了非常大的影響。

「當然有，那是很久以前的事了……」邁克狐開口，慢慢講述起來。

年輕時的邁克狐還沒有戴金絲框眼鏡，那時的他總是身穿棕色格子的小背心，手裡握著黑色手杖，非常威風。

每當確定罪犯身分的時候，他都會用手杖直直地指著對方，揚著下巴說：「承認吧，是你做的！」

大家都為邁克狐鼓掌，稱讚道：「邁克狐真是世界上最厲害的偵探！」

邁克狐聽了，雖然嘴上說著「過獎過獎」，可身後那條雪白的尾巴卻忍不住搖了又搖，嘴角也揚得高高的。每到這個時候他就會覺得：「我真是世界上最最厲害的偵探，誰都比不過我！」

這一天，驕傲的邁克狐握著手杖，昂首闊步地來到了微風森林。

在微風森林的正中央，有一棵很老很老、很粗很粗的大榕樹，在大榕樹的樹冠上，有一座屋頂尖尖的精緻樹屋。大榕樹下有個黑黑的樹洞，樹根處落滿了黃色枯葉。

樹獺太太穿著大大的花裙，慢慢地從梯子上爬下來迎接邁克狐，梯子也跟著樹獺太太的動作「咯吱咯吱」地響個不停。

樹獺太太用小手帕擦了擦眼淚，說：「我——放在櫃子裡的——嫁妝，那——麼多的——珠寶，全部——都——不——見

——了——呀——！」

樹獺太太哭起來沒完沒了，邁克狐有些不耐煩地皺著眉說：「好了好了，我現在就幫你查。有我神探邁克狐在，所有罪惡都逃不過我的眼睛！」

邁克狐先來到樹獺太太的房間。裡頭所有東西都整整齊齊，地面也乾乾淨淨。他拿著放大鏡搜查了一圈，什麼都沒發現。邁克狐扠著腰，生氣地想：「都怪樹獺太太，一定是她收拾的時候把小偷留下來的線索破壞掉了！」

邁克狐爬下了樹。森林裡的小動物聽說來了一位大偵探，都好奇地圍過來和他打招呼：「神探邁克狐這麼厲害，可惡的小偷肯定跑不掉！」

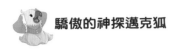

邁克狐驕傲地搖搖尾巴，說：「雖然房間裡什麼線索都沒有，但是只要小偷來過，就一定會留下痕跡。」

說完，邁克狐重新拿起放大鏡，在大榕樹的周圍探查起來。

不一會兒，邁克狐就發現大榕樹旁邊的一塊土地上堆了比其他地方多得多的樹葉。他拿起一根樹枝撥開那些樹葉，然後露出自信的微笑，說：「你們看，這塊地上的土明顯被人翻動過，所以上面才沒有草……」

說完，邁克狐挖開土，果然，一個布袋出現在大家眼前。邁克狐把布袋拖了出來，打開一看，大家都驚嘆起來，「哇！閃閃發光的珍珠和寶石。」

樹獺太太的珠寶是找到了，可是小偷又在哪裡呢？

科學小站

枯葉蝶

　　枯葉蝶的翅膀收起來的時候就像乾枯的樹葉，連「葉子」上的脈絡都有呢。這樣的形態叫作「擬態」，是動物用來保護自己不被天敵發現的方法喲！

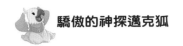

忽然，邁克狐眉頭一皺，眼睛盯著大榕樹樹根處的枯葉堆。一步、兩步……邁克狐彎下腰，慢慢接近枯葉堆，緊接著，他伸出手，夾出了一片枯葉！那片枯葉看起來黃黃的、乾乾的，輕輕吹口氣就能飄走，和別的枯葉沒有任何不同。可是邁克狐卻咧開嘴笑起來，說：「承認吧，樹獺太太的東西就是你偷的！」

小動物們都睜大了眼，不解，「一片枯葉怎麼可能偷東西呢？」

「這才不是什麼枯葉，」邁克狐哼了一聲，「這是枯葉蝶先生！就是他，偷偷躲在榕樹下面，趁著樹獺一家不在，偷走了樹獺太太的珠寶，藏在了地下！」

果然，那片「枯葉」在邁克狐手中掙扎了起來。

枯葉蝶先生連連擺手說：「不是我！神探邁克狐怎麼能冤枉好人呢！」

「哼，」邁克狐冷笑一聲，「你就別狡辯了！」

「就是就是，既然神探邁克狐都說東西是你偷的，還有什麼好狡辯的？」大家紛紛附和道。

樹獺太太激動地給了邁克狐一個大大的擁抱，稱讚道：「不愧是神探——邁克狐——找您來——可真是找——對了！」

邁克狐的尾巴又搖了起來，他握著自己的手杖晃來晃去，心裡樂開了花，「你們說得對！再多誇兩句吧，我就是這麼厲害的大偵探！」

可是這時，響起了一個又細又弱的聲音，「不是枯葉蝶叔叔偷的。」

是誰在說話？

人群中鑽出一個小小的身影，原來是樹獺寶寶！

樹獺寶寶剛剛放學回來，還背著小書包呢。樹獺寶寶仰著頭，執著地看著邁克狐，又喊了一遍，「不是枯葉蝶叔叔偷的！」

圍觀的小動物們又討論了起來。

邁克狐一下子慌了，他抓緊手杖，結結巴巴地喊：「怎……怎麼可能！我可是神探邁克狐！難道你們不相信我嗎？嗯？」

樹獺寶寶被他嚇得後退了一步，噘著嘴說：「就算是神探邁克狐也會有犯錯的時候……我知道東西是誰偷的，是爸爸！爸爸拿走了媽媽的珠寶，想和枯葉蝶先生拿去換酒喝，正好被我看見了……」

樹獺先生早已下班回來了，他沒有想到樹獺太太竟然會請神探邁克狐來查案，原本遠遠地站在人群外，直到看見枯葉蝶先生因為自己被冤枉，這才意識到事情的嚴重性。

樹獺先生磨磨蹭蹭地走過來，握住樹獺太太的手，說：「東西是我拿的，對不起……」

樹獺先生垂著腦袋，不好意思地對邁克狐說：「真的不關枯葉蝶大哥的事，他只是幫我看一下珠寶而已。」

樹獺太太氣得說不出話，衝著樹獺先生翻了個白眼，轉身回樹屋去了。

別的小動物也散開了，他們的話傳到了邁克狐的耳朵裡。

「什麼神探，也不過如此嘛！」

「我看他就是只想自己破案出鋒頭，根本不管會不會冤枉人。」

「這麼小一隻枯葉蝶怎麼可能偷這麼多珠寶？我都能想到的事情，邁克狐卻沒想到，這樣也配當神探嗎？」

邁克狐呆呆地站在榕樹下，威風的手杖掉到了地上，他慢慢蹲下，卻好像已經失去了把手杖撿起來的力氣。

夕陽慢慢沉入遠處的山腳，天漸漸黑了，周圍只剩下小溪潺潺的流水聲。邁克狐來到溪邊，瞧見溪水中自己的倒影，那是一隻垂頭喪氣的狐狸。

他小聲問自己，「我是不是真的……不配當一名偵探呢？」

「好吧，」他苦笑了一聲，「可能他們是對的。」

邁克狐看了看自己的手杖，用力扔進了水裡。「撲通！」水面濺起一片水花，然後重新安靜下來。

邁克狐又掏出自己的放大鏡。他留戀地擦拭著放大鏡的鏡片，這個放大鏡幫助他偵破過多少神奇的案件啊！可是……邁克狐揚起了手，準備也丟進小溪裡……

「哎哎哎！別扔！」原來是被邁克狐冤枉的枯葉蝶先生啊！他扇動著翅膀繞著邁克狐的腦袋轉來轉去，著急地說：「你想幹什麼？大家不能沒有神探邁克狐啊！」

邁克狐內疚地朝枯葉蝶先生鞠了一躬，說：「可是，我太武斷了，冤枉了你……」

「正因為這樣，你才要成為一名更好的偵探，讓所有的案件都真相大白呀！」枯葉蝶先生鼓勵道。

「我真的……可以嗎？」邁克狐猶疑地問。

「你剛剛不就找到了樹獺先生藏起來的珠寶嗎？」枯葉蝶先生圍著邁克狐飛了一圈，「要是沒有你，樹獺先生就會把珠寶賣掉，鑄成大錯。所以，邁克狐，我相信你一定可以的。請你千萬別放棄，因為，我們都需要偵探，都需要你啊……」

「就是因為枯葉蝶先生的話，我重新拾起了當偵探的信心。」講座上，邁克狐為自己的故事收了尾，「雖然我在這個案子裡經歷了失敗，但是這次失敗讓我明白了我的不足，讓我變得更加強大了。」

臺下響起了雷鳴般的掌聲，久久都沒有散去。

04

小神探啾颯

自從神探邁克狐在啾颯面前偵破裝修五金行的倉庫失火案件，啾颯就被邁克狐那聰明的頭腦深深地吸引了。

他在結束一天的工作後，總會忍不住躺在小床上想：「啾，要是我也能成為一名偵探就好了啾……可是我連動物通用語都不會說，啾……」

就這樣，啾颯在希望與失落中進入了夢鄉，但是他的故事才剛剛開始呢。

一大早，格蘭島北部森林中最著名的餐廳——大自然餐廳，門口圍上了一圈警戒線，外面還有一大群義憤填膺的動物。

邁克狐也來到了現場，他拿著放大鏡在餐廳裡走來走去，又在廚房走來走去，還在後院的菜園裡走來走去。

餐廳內一塵不染，廚房乾乾淨淨，而菜園裡則有餐廳員工自己種植的蔬菜。

邁克狐往嘴裡塞了一根棒棒糖，望著餐廳附近的一條小河，皺著眉頭思考著。

「啾，到底發生什麼了啾？」啾颯把自己小小的身體擠進人群，朝裡面張望著，正好看到豬警官向邁克狐抱怨。

「昨晚我整整一夜沒睡，仔細看了這間餐廳一個月內的監視錄影，一切都很正常，沒有人有可疑的行為。我們也調查了大自然餐廳所有的進貨大盤商，一切都非常乾淨，員工也很健康，就連餐廳種菜用的肥料都檢查過了！哎喲，你看我的黑眼圈……」

原來，最近好多動物都食物中毒了！中毒的動物們上吐下瀉，頭昏腦脹，身體弱一點的動物都被送進了醫院，經過調查，這些中毒的動物都吃過大自然餐廳的食物！

這可是嚴重的事件。格蘭島北部森林的警察局立刻把餐廳封鎖，還將餐廳老闆作為犯罪嫌疑人收押。奇怪的是，在警方調查的時候，卻發現餐廳都非常符合規範，每位員工都相當健康，餐廳用的餐具、調味料都是最好的，所有的蔬菜都產自餐廳後院的菜園，看不出下毒的可能性。

不得已，警方請來了神探邁克狐。

邁克狐聽完豬警官的抱怨，含著棒棒糖說：「放心吧，你找到了我，就已經邁出了找到真相的第一步。」

話是這麼說沒錯，可是邁克狐咬著棒棒糖在餐廳間晃了很久，一點頭緒都沒有。難道是有人在餐點裡下毒嗎？可是根據監視記錄，並沒有任何可疑的人員接觸餐點。

邁克狐皺著眉頭的樣子被啾颯看在眼裡，他覺得，自己成為偵探的機會來了。

夜幕降臨，一個圓滾滾的黑色身影翻進了大自然餐廳後院的菜園。原來是啾颯，他學著邁克狐的樣子仔細觀察著。當然，他什麼也沒發現，不過……啾颯趴在地上，撅著圓鼓鼓的屁股，努力聞著土地的味道，一邊聞一邊移動，最後來到了一口井旁邊。

看樣子，澆灌蔬菜的水都是來自這口井。普通人聞不出來，可是啾颯對這個味道非常熟悉。這……是水被汙染後的味道！

啾啾島毀滅之前，水裡也有這個味道！啾颯一下子想起啾啾島毀滅時天崩地裂的慘狀，眼中充滿了憤怒的淚水。他一定要把造成汙染的犯罪嫌疑人揪出來！

這時，啾颯聽到不遠處傳來鏟子挖土的聲音，誰會在大半夜出來挖土呢？啾颯望過去，只有電器回收站的屋子還透著一絲光亮，他就這樣靜靜地觀察著，直到回收站燈光熄滅，大地重回寂靜。

第二天，啾颯來到了位於河流上游的電器回收站，他指著電器回收站的招募啟事，一邊「啾啾」地說著，一邊揮動翅膀。最後，他被錄取，成為電器回收站的清潔員。

電器回收站裡堆滿了各式各樣的電器，黃狗老闆坐在工作臺上，將收來的廢舊電器拆解，再把能用的零件賣出去。啾颯在打掃的時候，一雙黑豆似的眼睛總是緊盯著黃狗老闆的方向，很快，啾颯就發現了不對勁的地方。

黃狗老闆拆解的電器中，總有一些東西被扔到籃子裡，但是到了第二天，籃子裡的東西都會失蹤。啾颯的直覺告訴他，籃子裡的東西絕對有問題。當天夜裡，啾颯悄悄躲在後院旁邊的樹叢中，靜靜等待著。

果然，到了半夜，啾颯看見黃狗老闆拎著鏟子從後院走出去，到不遠處的小河邊開始挖洞，最後再將籃子裡的東西一股腦埋進去。

黃狗老闆拍拍手，再在土堆上踩兩下，笑道：「嘿嘿嘿，埋了這些東西，我又省了一大筆清理費，哈哈！睡覺去了。」

他不知道的是，這一切都被啾颯看到了。啾颯心裡激動極了，黃狗老闆犯罪的證據已經被自己發現了，剩下的，就是讓神探邁克狐也知道這件事。

隔天一大清早，邁克狐被一陣急促的敲門聲給吵醒了。他趕緊起床，確保自己一切都非常得體之後，打開了門。門外是蓬頭垢面、眼圈黑青的啾颯。

邁克狐疑惑地問：「啾颯，你怎麼了，是一整晚沒睡覺嗎？」

而啾颯好像完全不累似的，激動地把自己的發現全告訴了邁克狐，「啾啾啾，啾啾，啾啾啾，啾啾……」

聽完之後，邁克狐眼睛一亮，所有的睡意都煙消雲散，他連忙對啾颯說：「啾颯，你實在是太棒了！我現在知道是怎麼回事了。你先回電器回收站工作，今天晚上，我們一起去捉住犯罪嫌疑人！」

啾颯點點頭，開心地離開了。他實在是太興奮了，哪怕一整晚沒睡，也絲毫不覺得累！

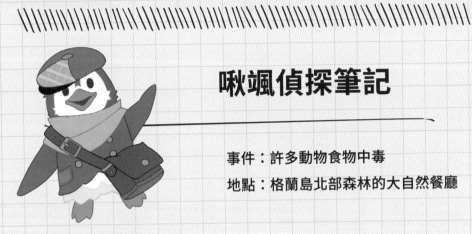

啾颯偵探筆記

事件：許多動物食物中毒

地點：格蘭島北部森林的大自然餐廳

已知線索：

1. 大自然餐廳的衛生條件__________，蔬菜都是員工自己栽種的。

2. 水井裡傳出了__________的味道，餐廳的蔬菜就是用水井裡的水澆灌。

3. 餐廳旁邊有一條小河，小河上游是__________。

4. 黃狗老闆半夜偷偷__________。

5. 埋東西的地點是__________的上游，河水流向__________。

6. 黃狗老闆半夜偷偷埋的東西是__________。

看著這些線索，啾颯的腦袋裡一團亂麻。

小偵探有什麼想法呢？在這裡寫下你的猜測：

到了夜裡，邁克狐、啾颯，還有豬警官一起蹲在樹叢裡，靜靜地等待著。

果然，黃狗老闆拖著一個大籃子出現了，然後「嘿咻嘿咻」地挖好了洞，當他把籃子裡的東西稀里嘩啦地倒進坑裡的一瞬間，一道手電筒的光芒直直照射到他身上，同時，一個正義的聲音響起，「黃狗老闆，請問你在倒什麼呢？」

黃狗老闆嚇壞了，腿腳發軟，一屁股坐到地上。

手電筒的光芒指向大坑洞，裡面竟然有一大堆舊的廢電池！

神探邁克狐推推金絲框眼鏡，說：「果然不出我所料，造成居民食物中毒的犯罪嫌疑人就是你，黃狗老闆！」

大家聽了這話，都不明所以地看著邁克狐，黃狗老闆更是從地上跳起來，大聲說：「我只是亂倒垃圾而已，為什麼把食物中毒的原因也算在我頭上。」

邁克狐嚴肅地搖搖頭，他從坑裡拿起一塊東西，問：「你知不知道這是什麼？」

黃狗老闆說：「當然知道，這就是廢電池嘛，一點電都沒有了，所以才扔掉。我才不要花錢處理這些廢品呢！」

黃狗老闆剛說完，啾颯就生氣地跳了起來，小腳差點就踢到了黃狗老闆！

邁克狐的表情更加嚴肅了，他嘆了一口氣，說：「你知道嗎，這些廢電池含有害物質，被隨便埋在土裡，有害物質會滲進土壤，流進旁邊的小河，就會造成河水和土壤汙染。大自然餐廳

在河流下游的不遠處，員工們用有毒的河水種出來的菜，自然也是有毒的。大家吃了有毒的菜，才會食物中毒！這下，你不能否認了吧，犯罪嫌疑人就是你，黃狗老闆！」

黃狗老闆震驚地看著坑裡的廢電池，兩腿一軟，撲通一聲，摔進了坑裡。

目睹一切的豬警官敬佩地誇獎道：「不愧是神探邁克狐，真是任何罪惡都逃不過你的眼睛！」

邁克狐微笑著牽過啾颯的小手，說：「不不不，這次可多虧了啾颯！任何罪惡都逃不過他的眼睛才對！」

啾颯小聲地啾啾叫著，低著頭，小臉脹得通紅，但是心裡甜滋滋的。

科學小站

廢電池

我們日常生活中的遙控器、玩具車用的乾電池裡面都有許多有害物質，如果用完之後隨便亂扔，會造成土壤汙染和水源汙染，後果很嚴重喲！

為了保護環境，要把廢舊電池扔進專門的垃圾桶裡喲！

破案後的第二天，啾颯收到了神探邁克狐寄來的一封信和一個包裹。信上寫著：

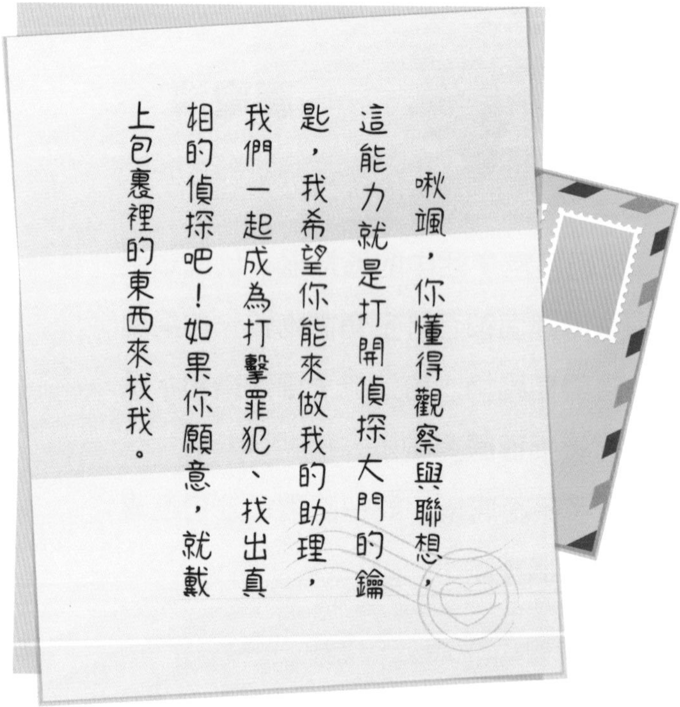

啾颯，你懂得觀察與聯想，這能力就是打開偵探大門的鑰匙，我希望你能來做我的助理，我們一起成為打擊罪犯、找出真相的偵探吧！如果你願意，就戴上包裹裡的東西來找我。

啾颯激動地打開包裹，裡面是一頂和神探邁克狐一模一樣的貝雷帽。啾颯小心翼翼地戴在頭頂，剛剛好耶！接著，他一秒也不想耽誤，風一般地跑向邁克狐居住的茶壺別墅。

啾颯敲開茶壺別墅的大門，就看到邁克狐優雅地坐在客廳，他面前擺放著兩杯飄著香氣的紅茶，還有許許多多精美的小點心。邁克狐微笑著對他說：「歡迎你，偵探助理啾颯！」

就這樣，啾颯幫助神探邁克狐解決了食物中毒案件，就像他們說的那樣：「任何罪惡都逃不過他和啾颯的眼睛！」

從此以後，又多了一位聰明的偵探助理啾颯，而啾颯也邁出了自己成為神探的第一步。看來，之後的探案故事會更加精彩！

05

失蹤的少女

金色的陽光穿過透明的放大鏡，在地上映射出一個圓圓的斑點。邁克狐舉著放大鏡，正仔仔細細地在一棵茂盛的大樹四周看了一圈又一圈，耳邊不斷回響著格蘭島警察局豬警官的嘮叨，

「唉，這可真是奇怪，好端端的，怎麼就不見了呢？我記得之前還看見園丁鳥小姐在附近的果子樹上摘野果呢。說起來，園丁鳥小姐真是個大美人，上次舉行聯歡會的時候，我還聽過她唱歌，

非常好聽……」

原來，居住在格蘭島北部森林的園丁鳥小姐莫名其妙地失蹤了！豬警官抓破了頭也沒找到線索，這才心急如焚地把邁克狐請來。

邁克狐嘆了一口氣，從地上站了起來。他拍拍風衣的一角，拿出一條方巾擦了擦手中的放大鏡，打斷道：「豬警官，目前還沒有什麼線索，我需要回去再整理一下資料。」

一直嘮叨的豬警官這才停下來，扶了扶腦袋上的帽子，做了個「立正」的姿勢，說：「好的，邁克狐先生！我等您的好消息。」

「放心，你找到了我，就已經邁出了找到真相的第一步。」

說完，邁克狐微微點頭，笑著離開了。

可是，剛一轉身，邁克狐就收起了自信的微笑，這次的案子實在太奇怪了，讓他現在也摸不著頭腦。

邁克狐從口袋裡掏出一根棒棒糖放進嘴裡，在腦海中梳理著收集來的情報。

失蹤人員：獨居的園丁鳥小姐。

失蹤日期：三天前。

現場沒有任何被綁架或打鬥過的痕跡，甚至連一個目擊者都沒有。園丁鳥小姐就像空氣一樣，突然就消失不見了。

說是情報，但其實一點管用的線索都沒有，邁克狐搖了搖雪白的大尾巴，嘴裡的糖果慢慢化成了甜膩的糖漿，他的大腦開始迅速運轉了起來。

「啾……啾啾！」

正當邁克狐苦苦思索的時候，他的偵探助理啾颯突然急匆匆地衝了進來，啾颯扶了扶歪掉的貝雷帽，氣喘吁吁地說：「啾啾……啾啾啾啾啾……啾啾啾！」

邁克狐皺皺眉，連忙放下手中的情報，問：「什麼？你是說，格蘭島警察局來了很多居民，說他們都丟了東西？」

啾颯點頭說：「啾啾！」

「我知道了。」邁克狐戴上帽子，和啾颯一起朝著格蘭島警察局快步走去。

整個格蘭島警察局被小動物們裡三層外三層地圍了起來，堵了個水泄不通。啾颯努力揮舞著翅膀，替邁克狐擠出一條窄窄的小道，啾颯一邊擠一邊大喊著：「啾……啾啾啾……啾啾！」

雖然大家聽不懂啾啾語，但是誰不知道啾颯是神探邁克狐的助理呢！於是居民們一邊喊著「神探邁克狐來了」，一邊朝著邁克狐擁來。

「神探先生，我最漂亮的藍色小花房子在上周突然就不見了，都已經過去一周了，警官們還是沒能幫我找到，那可是我最愛的花房子……」蝴蝶小姐撲扇著自己美麗的藍色翅膀，垂下觸角，楚楚可憐地哭訴道。

邁克狐剛準備開口，一旁的鸚鵡先生連忙擠了過來，他紅著臉扯著嗓子控訴道：「邁克狐先生，就在幾天前，我在家裡睡覺，突然間尾巴上的毛就被人偷走了！我都沒能看清到底是誰！這……這還不是最過分的……」

他轉過身子，不好意思地將翅膀從尾巴的地方挪開，露出了一小片光禿禿的皮膚。「更過分的是，那個偷毛賊竟然每天都趁我睡覺的時候來偷一根！我那麼漂亮的藍羽毛，幾乎被拔光了！我對其他人說這件事，他們都說我是睡糊塗了，還推薦我生髮藥水！邁克狐先生，我確定我的毛不是自己掉的，你一定要幫我找出小偷！」

緊接著，越來越多被偷了東西的居民擠上來控訴，啾颯拿著紙和筆，「唰唰唰」一刻不停地記下了所有情報。

邁克狐仔仔細細聽了一圈，用爪子托住下巴，思考道：「所有被偷的東西，都是藍色的嗎？這不可能是個巧合……也許這件事和園丁鳥小姐的失蹤案有點關係？」

他伸出爪子，輕輕拍了兩下，安撫道：「大家放心，這件事就交給我吧。任何罪惡都逃不過我的眼睛。」

銀色的月光透過藍色的玻璃照進了邁克狐的房間，邁克狐翻了個身，今晚他怎麼都睡不安穩。

突然，窗外傳來了「嘩啦」一聲！

邁克狐一下子睜開了眼睛，迅速跑到了聲音傳出的地方——那扇藍色玻璃窗前。玻璃破了一個小小的洞，邁克狐從另一扇窗探出頭一看，外面什麼人也沒有，只有地面上撒滿了亮晶晶的玻璃碎屑，在月光的照耀下一閃一閃，延伸到遠方。

邁克狐輕輕躍出窗外，蹲下身子盯著那攤玻璃碎片看了又看，慢慢從中間撿起了一根藍黑色的羽毛。

「啾啾！啾啾啾？」啾颯聽到了玻璃碎掉的聲音，推開了邁克狐的房門。

邁克狐站起來，拍了拍身上的灰塵，放鬆地對啾颯說：「放心，我沒事。明天我要去鎮上一趟，園丁鳥小姐的案子，也許有點頭緒了。」

第二天一大早，邁克狐就來到鎮上。他推開一扇藍色的玻璃門，微風帶動門口掛著的藍色風鈴發出一陣陣清脆的響聲，各式各樣精美的裝飾品映入了他的眼簾。

這是格蘭島北部森林中最有名的一家裝飾品店。此時，園丁鳥老闆正翹起他那藍黑色的尾巴在深藍色的彈珠堆裡找著什麼。聽到開門的聲音，他連忙扭過了頭。

「這不是大名鼎鼎的神探邁克狐嗎？歡迎歡迎。」

園丁鳥老闆拍著翅膀，飛到了邁克狐的肩膀上，湊上前笑咪咪地說：「無論您想要什麼樣的裝飾品，小店都能提供喲！」

邁克狐摘下了頭上的貝雷帽，環顧了一下周圍，點了點頭，說：「好的，我隨意看看。」

邁克狐假裝漫不經心地拿起了一顆亮晶晶的藍色彈珠，問道：「老闆，我想問問，為什麼你店裡的裝飾品幾乎都是藍色的呢？」

園丁鳥老闆順了順藍黑色的羽毛，驕傲地說：「那當然是因為我們園丁鳥獨特的品味了。藍色是世界上最美的顏色，這一點誰都不能懷疑，而且我們可是天生的建築師！」

說完，他抬起了自己的頭，露出了一個懷念的微笑，繼續道：「用藍色的飾品做出來的房子，特別吸引女孩子喲。」

說完，他又馬上恢復了一張熱情的笑臉，感慨道：「啊，真是懷念，想當年，我就是建了一個非常豪華、非常漂亮的鳥巢，才吸引到了我太太呢！現在慢慢有了積蓄，開了一家小店。對了，邁克狐先生，您挑到喜歡的飾品了嗎？」

園丁鳥老闆的話像閃電一樣，破開了縈繞在邁克狐腦海中的迷霧，他一下子就想到了這個案子的關鍵點。

「我明白了！」邁克狐突然喊道。

沒等店主園丁鳥老闆反應過來，邁克狐就已經衝到了門口，他向園丁鳥老闆揮了揮手中的棒棒糖棍，說：「多謝了，園丁鳥老闆。」

說完，邁克狐一邊聯繫豬警官，一邊朝著家的方向跑去。

「昨晚被打碎的玻璃也是藍色的，用藍色的飾品築成的鳥巢能夠吸引少女，所以園丁鳥小姐根本不是離奇失蹤，而是被吸引之後自己離開的，那麼犯罪嫌疑人就是……」

家裡的窗戶破碎之後還沒來得及收拾，地上仍然散落著玻璃碎片。邁克狐沿著亮晶晶的玻璃碎片一路奔跑，很快就來到了一片茂盛的叢林。果然，一個巨大的、鑲嵌著藍色玻璃和石頭的三角形鳥巢出現在他的面前。

邁克狐走上前一看，失蹤了三天的園丁鳥小姐，此時正專心地欣賞一隻藍尾巴的園丁鳥先生唱歌跳舞呢！

「找到你了，園丁鳥小姐。」邁克狐開口道。

園丁鳥小姐轉過身子，疑惑地歪了歪腦袋，問：「邁克狐先生，你怎麼會來這裡？」

邁克狐嘆了口氣，將大家尋找園丁鳥小姐的事，從頭到尾說了一遍。

園丁鳥小姐用翅膀捂住半張臉，搖了搖頭，說：「哦，你們誤會了，我和園丁鳥先生是真心相愛的。你看這個鳥巢，這是世界上最漂亮的鳥巢了，這正是我喜歡的……」

「但是，這個鳥巢，恐怕不是園丁鳥先生靠正當手段得來的。」

邁克狐話音剛落，豬警官的聲音就從身後傳來，「園丁鳥小姐！原來你在這裡！」

豬警官跑過來，先是確認了園丁鳥小姐的安全，然後注意到這個美麗的鳥巢，說：「哇，好漂亮的鳥巢……咦？不對勁啊，藍房子、藍羽毛……這些不都是居民們被偷走的東西嗎？好哇，園丁鳥先生，你涉嫌盜竊，跟我走一趟吧！」

園丁鳥小姐拍著翅膀飛到旁邊的樹枝上，用翅膀捂住自己的嘴巴，不敢相信地說：「你……你居然是個小偷……我真是看錯你了！」

園丁鳥先生見事情敗露，一下子泄了氣，捂住臉羞愧地說：「我……我只是因為太窮了，買不起藍色的飾品……所以才……」

園丁鳥小姐一點也不想聽園丁鳥先生的辯解，反駁說：「那你也不能去偷東西啊，這可是關乎道德和法律啊！」說完，園丁鳥小姐就撲扇著翅膀飛走了。

邁克狐推了推鼻子上的金絲框眼鏡，離開了現場。現在，小偷已經找到了，園丁鳥小姐失蹤案也解決了，剩下的就交給豬警官吧。

科學小站

園丁鳥

　　園丁鳥科的成員具有獨特的求偶方式。雄性園丁鳥為了吸引另一半，會收集樹枝、花朵，甚至是金屬飾品，用來搭建美麗精巧的求偶亭。充滿美感與智慧的園丁鳥可說是鳥類中的建築設計師！

06

寶寶去哪兒了？

「啾啾！啾啾啾！」

啾颯拿著第六十五封委託書急匆匆地從門口跑了進來，疊放在邁克狐辦公桌上那堆像小山一樣的委託書上面。邁克狐打開最新的這封委託書一看，果然，又是相同的案子。一個月內，格蘭島北部連續發生六十幾隻剛從蛋裡孵出來的鳥寶寶失蹤了。

啾颯在一旁急得團團轉，邁克狐卻冷靜地吃著棒棒糖，大腦迅速思考起來。很快，他湊到啾颯的身邊，小聲地說了一下自己的計畫，然後露出了自信的微笑，說：「不要著急，他們找到我，就已經邁出了找到真相的第一步。啾颯，接下來就交給你了。」

清晨，格蘭島北部森林中充滿了生機。幾位鳥太太正腦袋對著腦袋，嘰嘰喳喳地討論著最近森林裡發生的一些事。

「哎呀！百靈鳥太太，你的新絲巾也太漂亮了！」

「啾啾？啾啾啾！（哎呀哎呀，是真的很好看呢！）」

「喜鵲太太，今天下午，無花果商店特惠大酬賓，前二十名顧客打三折呢！」

「啾啾？啾啾啾！（真的嗎？太便宜了吧！）」

對，不要再揉眼睛啦！混在鳥太太當中，那隻提著背包、戴著假髮的鳥就是啾颯！他聽從邁克狐的吩咐，把自己裝扮成鳥太太，正捏著嗓子在打探消息呢。鳥太太們只顧著聊天，根本沒注意到她們之中混進了一隻奇怪的鳥。

這時，畫眉鳥太太突然壓低了聲音，像是說祕密似的靠近了大家，「哎呀，你們聽說了嗎？最近森林裡不怎麼太平，好多剛出生的寶寶莫名其妙地不見了。不僅這樣，就算媽媽們找回了寶寶，那些寶寶也像不認識自己的媽媽似的，一邊哭喊著媽媽，一邊跑遠了……」

啾颯聽到了重點，不由得湊近了些，叫道：「啾啾？啾啾啾！（天哪？怎麼會這樣！）」

啾颯的音量把在場的鳥太太們嚇了一大跳，大家一起朝他看去。

只見啾颯圓圓的腦袋，翹翹的尾巴，眼皮上塗了紫色的眼影，長長的睫毛撲閃撲閃，楚楚可憐地扭過了頭，不解地問：「啾啾？啾啾啾？（怎麼了？怎麼都看著我呀？）」

鳥太太們你看看我，我看看你，誰也沒見過這位有點奇怪的鳥太太，這麼一攪和，鳥太太們頓時失去了八卦的興趣，拍著翅膀飛走了。

不知道什麼時候躲進角落裡的鸚鵡太太，黑著臉也悄悄離開了。但機靈的啾颯把她的一舉一動都看在了眼裡。

突然安靜下來的樹下，奇怪的「鳥太太」左看看右看看，將背包放在身邊，然後一把扯下了頭上的假髮，露出了短短的淡藍色絨毛。

「啾，啾，終於可以把假髮取下來了啾，好熱呀啾。」啾颯一邊想，一邊用小翅膀為自己扇風。

這時，一陣大風颳過，颳得樹枝搖晃，樹葉沙沙作響。沒人發現從樹上掉下一個圓圓的東西，穩穩地落到了啾颯的背包裡。啾颯自己也沒注意，他休息夠了，就趕緊提著背包往邁克狐的茶壺別墅趕去。

啾颯一進門，還沒來得及擦掉嘴邊的口紅，就手舞足蹈地「啾啾啾」個不停，把自己得到的情報全都說了一遍。

邁克狐來不及把手上的委託書放下，就站了起來，眼裡放出了光彩。

「啾颯，你是說，鳥太太們在下蛋之後，都會到附近的無花果商店買果子做糧食？」邁克狐跟啾颯確認道。

啾颯連連點頭道：「啾啾！（沒錯！）」

邁克狐滿意地點了點頭，戴上他的貝雷帽準備去一趟無花果商店。

他跟啾颯說：「啾颯，做得好！我想，我有點頭緒了。」

忽然，邁克狐動了動耳朵，說：「啾颯，你有沒有聽到什麼聲音？」

啾颯不明所以地摸摸腦袋，側著耳朵仔細聽，發現確實有小小的「咔咔」聲，再仔細一聽，他發現這個聲音竟然是從背包裡傳出來的！啾颯趕緊打開背包，發現裡頭的假髮上竟然有一顆蛋，這是怎麼回事？

啾颯目不轉睛地盯著那顆蛋，「咔咔」幾聲後，蛋殼慢慢裂開，露出一個黃澄澄的小腦袋，一對黑豆似的小眼睛滴溜溜地轉，好奇地看著周圍。

突然，他對著啾颯大喊一聲：「媽媽！」

「啾？」啾颯害羞得滿臉通紅，他連忙對著邁克狐又是搖頭、又是擺翅膀，「啾啾啾！」

邁克狐看著啾颯慌慌張張的樣子，笑了笑，說：「我知道他不是你的寶寶。他的家應該就在剛剛你和鳥太太們聊天的地方。啾颯，現在你負責把他送回去吧。」

啾颯帶著烏寶寶出了門。啾颯驚喜地發現，自己走一步，烏寶寶就跟著他走一步，無論他到哪兒，烏寶寶都會寸步不離地跟著。真神奇呀！

另一邊，邁克狐也來到了無花果商店，高大的無花果樹就長在森林的入口，茂盛的枝葉把天空遮得嚴嚴實實。

大樹下則是熱鬧的招呼聲。

「歡迎歡迎！熱烈歡迎！哈哈哈哈哈……」只見猴子老闆正上躥下跳，「這麼多客人，哈哈哈，多虧了鸚鵡太太，這個月又賺了好多呀！」

正跳著，他和樹下的邁克狐目光交會在一起，他嚇得連忙站好，扶了扶胸前的領結。然後用尾巴倒掛在樹枝上，將腦袋探到了邁克狐的面前，笑嘻嘻地問：「這位客人，有需要什麼嗎？」

邁克狐摘下帽子，鞠了個躬打招呼道：「聽說你們家的果子味道不錯，我想來買一些。」

猴子老闆搓了搓手，喜滋滋地說：「當然可以，當然可以！不過呀，小店目前有很多客人預約了，您得等一段日子。」

邁克狐從口袋拿出一根棒棒糖放進嘴裡，問：「哦？那麼請問，接下來預約的是哪戶人家呢？」

「是喜鵲太太，他們家今天生了小寶寶，所以趕著來買果子當糧食呢……哎呀！」猴子老闆說著說著，突然反應過來，「鸚鵡太太說過，不能洩漏客人的消息，不然他們以後就不來了……

這位客人，您還是別問了，先回去吧。喏，我幫您登記，等輪到您了，我再通知您。」

邁克狐沒再繼續追問，他自信地微笑著，點了點頭，說：「好的，那就麻煩您了。」

轉身離開的邁克狐大腦飛快地運轉起來，「鸚鵡太太嗎？所有的事情好像都和她有點關係……但是，為什麼鳥寶寶們即使回到了自己媽媽的身邊，也不認她們呢……」

突然，他的腦海裡閃過之前那個鳥寶寶跟在啾颯身後的樣子，一下子想起曾在書上看到的知識，恍然大悟，「原來是這樣！」四周安靜極了，結實的鳥巢裡躺著幾枚乾淨的鳥蛋。邁克狐剛打算湊近，就聽到一陣拍打翅膀的聲音越來越近。他連忙躲到大樹後面，微微探出腦袋觀察。

只見天空中飛來了一個綠色身影，穩穩地落在了鳥巢邊，可是，這個身影卻不是喜鵲太太，而是……

黃色的腦袋，綠色的長尾巴，紅色的尖嘴……正是邁克狐懷疑的對象——鸚鵡太太！

鸚鵡太太溫柔地盯著眼前小巧的鳥蛋，低聲道：「哦，多麼可愛的孩子呀，你們馬上就會成為世界上最幸福的孩子……」說著，她輕輕坐進了鳥巢裡，開始孵起蛋來。

風吹動樹葉，發出沙沙聲。邁克狐從大樹後面走出來，嚴厲的聲音迴盪在安靜的樹林裡，「鸚鵡太太，你這是在做什麼？」

「啊！」正專心孵蛋的鸚鵡太太被突如其來的聲音嚇了一

跳，她慌慌張張地展開翅膀，正打算起飛，就被一張從天而降的大網罩住，摔到了地上。

幾乎就在同一時間，啾颯帶著豬警官和喜鵲太太一起跑了過來。

豬警官得意地撥了撥劉海，說：「哼哼，邁克狐，我一接到啾颯的報案就趕來了！這次的案件怎麼回事呀？」

邁克狐並沒有立刻回答豬警官，而是在鸚鵡太太的身邊蹲了下來，從口袋裡拿出一張名片，說：「你好，鸚鵡太太，我叫邁克狐，是個偵探。」

鸚鵡太太怒視著邁克狐，渾身的羽毛都立了起來，尖叫道：「偵探？偵探來這個地方做什麼？放開我！」

邁克狐扶了扶金絲框眼鏡，問：「這句話應該由我來問你呀，鸚鵡太太。這是喜鵲太太的鳥巢，為什麼你會出現在這個地方呢？」

鸚鵡太太努力讓自己冷靜下來，她看了看喜鵲太太，像是抓住救命稻草似的解釋道：「我和喜鵲太太是好朋友，我只是來看看她的寶寶而已。」

一旁的喜鵲太太不解地用翅膀捂住嘴，疑惑地問：「偵探先生，你們為什麼要抓鸚鵡太太呢？」

邁克狐嚴肅地說：「鸚鵡太太，就是這六十幾起鳥寶寶失蹤案的始作俑者！」

豬警官一聽，連忙大叫起來，「什麼？邁克狐先生，那麼多

鳥寶寶，鸚鵡太太看起來這麼柔弱，怎麼可能綁架得了呢？這件事，會不會還有同夥呢？」

邁克狐搖了搖頭，解釋道：「我想，這大概是鳥兒的天性，鳥寶寶們被孵出來後第一眼看到誰，就會認誰當媽媽，這種行為叫作『銘印』。當然這件事也是啾颯提醒我的。而鸚鵡太太正是利用了鳥寶寶的這種行為，她沒有綁架鳥寶寶，而是引導鳥寶寶自願跟著她走的。我說得對嗎，鸚鵡太太？」

這時，樹上傳來了「咔咔」兩聲，鸚鵡太太不掙扎了，她突然露出了奇怪的微笑，拍著翅膀就想往樹上飛。

科學小站

銘印現象

這是指一些剛出生的小鳥和哺乳動物會跟著牠們見到的第一個移動的物體跑，並且把這個物體當作自己媽媽的行為。

如果有一隻小鴨子從蛋裡孵出來的時候，第一個看到的是你，牠也會把你當成媽媽喲！

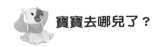

「不好！喜鵲寶寶要出生了！」邁克狐一下子擋在了鸚鵡太太的面前。豬警官看準時機拖動大網，將鸚鵡太太緊緊纏住。

而身後的喜鵲太太則展開翅膀，緊緊抱住了窩裡的鳥蛋。鳥蛋接二連三地裂開，尖尖的小嘴伸出來，鳥寶寶躲在喜鵲太太的懷裡嗷嗷大哭起來，「媽媽！媽媽！」

這下，鸚鵡太太再也沒了掙扎的力氣，癱坐在地上交代了一切。

「我只是……想當媽媽而已。看著孩子可愛的臉，聽著他們奶聲奶氣地叫我媽媽，我就好滿足、好滿足呀……所以，我才和無花果商店的老闆合作，每次有新寶寶要出生時，我就想辦法支開他們的媽媽……」

失蹤的寶寶們全都找了回來，雖然經過了一番波折，但是寶寶們最終還是奔向了自己真正的媽媽懷抱。當然，無花果商店的猴子老闆和鸚鵡太太都得到了法律的懲罰。

07 崩塌的選美舞臺

大海、沙灘、陽光！神探邁克狐和小助理啾颯一起前往格蘭島西南部的海濱浴場度假了！雖然邁克狐不喜歡炎熱的地方，但是吹著海風、吃著燒烤、聽著音樂，實在是很愜意的事情。

這天，啾颯一早就不知道到哪兒游泳了，而邁克狐注意到前面沙灘上的騷動，發生了什麼事呢？

「天哪，昨天還好好的，今天就塌了……」

沙灘上，大家圍在一座竹子和木頭組成的廢墟邊上討論著。花枝招展的海鷗小姐正在旁邊哭泣，「我的舞臺……我的舞臺呀！嗚嗚……我的舞臺呀！」

邁克狐疑惑地問旁邊的帝王蟹，「請問，發生了什麼事？」

帝王蟹揮舞著他的大鉗子，激動又憤怒地說：「海鷗小姐的舞臺塌了！沒有舞臺，她明天就不能參加選美比賽了！」

邁克狐摸摸下巴，兩隻眼睛環視整個沙灘，果然周圍有各種大大小小、裝飾精美的木製舞臺被欄杆圍了起來，就等選美比賽那天大放光彩。

帝王蟹繼續說：「要參加選美比賽，必須要有自己的舞臺。可是海鷗小姐的舞臺塌了！她是這次選美比賽的人氣選手，很有可能奪冠呢。一定是有人嫉妒她……」

但一旁的寄居蟹卻說：「不會吧，我覺得就是意外。畢竟比賽快開始了，大家都在做準備，誰有時間搞破壞啊！」

雖然邁克狐很想度過一個沒有案件和工作的假期，但是真理和正義是他的使命，因此他還是走上前去，對著一旁的猴子警官說：「你好，我叫邁克狐，是個偵探。請問能不能讓我看看現場？」

猴子警官還在筆記本上寫案件記錄呢，聽了邁克狐的話，立刻把頭轉過來，瞪大了眼睛，驚訝道：「你就是傳說中的神探邁克狐！」

圍觀群眾都聽到了，也七嘴八舌地驚嘆起來。

「是神探邁克狐！」

「捕獲野生神探邁克狐！」

海鷗小姐更是一下子衝過來抓住邁克狐的手，哭著說：「神探先生，您可一定要幫我抓到弄垮舞臺的壞蛋啊！嗚嗚……」

邁克狐點點頭，說：「放心，你們找到了我，就已經邁出了找到真相的第一步。」

說完，邁克狐在眾人的目光下，用放大鏡仔細觀察著這座崩塌的舞臺。舞臺整個朝陸地的方向傾倒，除此之外，沒有任何人為破壞的痕跡。不是人為的，難道是自然崩塌嗎？

邁克狐沒有停下觀察，開口問道：「請問，昨晚的天氣如何？」

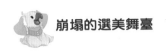

猴子警官皺著眉頭回答：「神探先生，這就是最奇怪的地方了。昨天晚上天氣很好，沒有下雨，就算是颱風，也是輕柔的海風，絕不可能把舞臺吹垮！而且，我剛剛看了昨晚安裝在海邊的監控錄影，整晚都沒人靠近過舞臺！這個舞臺是忽然崩塌的！」

忽然崩塌？邁克狐皺著眉頭，掏出一根棒棒糖塞進嘴裡。他覺得事情絕對沒有這麼簡單。這些用來搭建舞臺的木頭都非常結實，沒有腐爛或者發霉的跡象，這麼結實的東西怎麼會無緣無故崩塌呢？這一定是有人故意破壞。

這時，從海上傳來了幾聲啾啾的聲音。邁克狐抬頭，原來是在海裡游泳的啾颯回來了。他努力拍打翅膀，像一艘遊艇似的朝岸上游來。上岸之後，他連羽毛都顧不上甩乾，把一個東西交給了邁克狐。

「啾啾，啾啾，啾啾啾啾！」啾颯說，他在游泳的時候看到這個東西卡在海邊的礁石上，覺得很奇怪，就帶回來了。這是一截斷掉的木頭，上面還有半根斷掉的繩子。

邁克狐盯著木頭，腦中靈光一閃。只見他轉身，飛快地跑回到崩塌的舞臺處，將那一截木頭與舞臺進行比對，確認了這一截木頭正是舞臺的一部分。

邁克狐手裡拿著木頭，陷入了沉思，「為什麼會有一截木頭單獨在海邊？這上面斷掉的繩子又代表著什麼？一晚上都無人靠近的舞臺又為什麼會忽然崩塌呢？」

想啊，想啊，太陽漸漸下山，月亮緩緩升起。邁克狐站在海邊不停地思考著，圍觀的人們看到傳說中的大神探毫無進展的樣子，也打著哈欠離開了。

走的時候，寄居蟹還貼心地提醒道：「神探先生，連您都看不出來到底是怎麼回事，這次多半就是意外事故了。您還是快點回去吧，晚上風大，最近還漲大潮，可不要靠近海邊呀！」

說完，他就離開了。

邁克狐看看天上圓圓的月亮，喃喃自語，「漲大潮……我明白了！」

邁克狐的眼睛頓時亮了起來，他轉向啾颯道：「啾颯，你還能繼續游泳嗎？我想我知道舞臺到底是怎麼崩塌的了。」

啾颯自信地點了點頭，在邁克狐的指示下，他站在海邊，做好了熱身運動，然後伴隨一個美麗的跳躍，啾颯一頭衝進了浪花之中，迅速地朝遠方游去。要知道，啾啾族可是水鳥，是厲害的游泳高手呢！

看著啾颯像浪裡白條一樣朝遠方游去，邁克狐也沒閒著，朝著猴子警官的值班室走去。

「是神探先生呀，這麼晚了，找我有什麼事嗎？」猴子警官一邊打著哈欠，一邊問。

邁克狐有禮貌地說：「我想，我已經知道舞臺崩塌的真相了，不過要找到犯罪嫌疑人還需要您的幫助才行。」

聽了這話，猴子警官瞪大了眼睛，手忙腳亂地整理好衣服，和邁克狐一起來到了沙灘。

誰知到了沙灘，邁克狐只是拉著猴子警官坐下，並沒有開始查案。他們吹著微涼的風，聽著海浪歌唱，沐浴著銀白的月光，等啊等啊，等到猴子警官打第三個噴嚏時，終於忍不住了。

「哈——哈啾——好冷啊……神探邁克狐，我們已經在這裡等了很久了，你說的兇手什麼時候出現啊！」猴子警官問。

邁克狐把自己的風衣裹得更緊了，他吃了一根棒棒糖，說：「別急，還要再等等。」

猴子警官看著海面道：「再等下去，海水就要漲潮了！」

邁克狐點點頭，眼鏡鏡片反射著朦朧的月光。「對，就是漲潮。」邁克狐淡定地說。

隨著時間過去，一波一波的海浪真的慢慢湧上來了，漲潮

啾颯偵探筆記

事件：無人靠近的舞臺突然崩塌

地點：格蘭島西南部的海水浴場

已知線索：

1. 斷掉的半截木頭是__________的一部分，木頭上還有半根__________的繩子。

2. 寄居蟹提醒邁克狐，晚上__________，還__________。

3. 一艘船上放著沉重的沙袋，可能是為了__________。

4. 船上綁著半根斷掉的繩子，很可能與__________是同一根。

看著這些線索，啾颯的腦袋裡一團亂麻。小偵探你有什麼想法？

在這裡寫下你的猜測吧：

了！隨著上漲的海水，遠處還有一個影子在慢慢靠近。

「啾啾！啾啾！」是啾颯，咦，啾颯怎麼還坐在一艘船上啊！

只見那艘船在海浪的作用下離岸邊越來越近，越來越近，最終在岸邊擱淺了。啾颯嗖地從船上跳下，向邁克狐和猴子警官展示了這艘船。

邁克狐看了一眼，就知道自己的推理完全正確。猴子警官探著腦袋看了一眼，疑惑地問：「這艘船好奇怪，為什麼裡面放著那麼多沉重的沙袋呢？還有，為什麼這裡綁著半根斷掉的繩子呢？」

邁克狐微笑著，問：「猴子警官，您知道這艘船是誰的嗎？」

「當然知道了，這片沙灘就沒有我不知道的事情！這艘船是寄居蟹的，他可是海星小姐的頭號支持者呢……咦，難道說犯罪嫌疑人就是他？」

邁克狐神祕地微笑著，說：「這個嘛，就要讓寄居蟹自己來向你解釋了。」

猴子警官立刻跳起來，跑到寄居蟹居住的海螺殼房子前，發現他的船果然沒有停在碼頭上。

猴子警官咚咚咚地敲打海螺殼，不一會兒，寄居蟹就伸出蟹腳出來，問：「誰呀……」

「你就是弄垮海鷗小姐舞臺的犯罪嫌疑人，是不是？」猴子警官急匆匆地問。

寄居蟹瞬間就從海螺殼裡鑽了出來，反駁道：「才不是呢！昨天一整晚，我都和朋友們為海星小姐的參賽彩排『加油舞』！整晚都沒離開過，不信你去問他們！好多人都能為我作證。」

這樣看來，寄居蟹確實沒有作案的時間呀！猴子警官轉向邁克狐。

邁克狐拿出了在海邊撿到的那根帶有繩子的木棍，開始推理，「你不需要作案時間。因為舞臺崩塌的時候，你根本不在場！」

寄居蟹跳了起來，反駁道：「難道我會魔法，憑空摧毀了舞臺嗎？我告訴你，就算你是神探，我也一樣可以告你誹謗！」

邁克狐的眼睛更亮了，繼續推理道：「這根帶繩子的木棍，其實是舞臺的一角。繩子，就是用來拉垮舞臺的工具之一。昨天晚上漲大潮的時候，只要有人提前把繩子繫在舞臺的一角，另一邊連在停靠在海邊的船上。等到退潮的時候，海水就會帶著船往遠處行駛，這時，繩子就會越拉越緊、越拉越緊……」

猴子警官這下明白了，大叫道：「然後，舞臺就被船給拉垮了！原來船上那些沉重的沙袋，就是為了增加拉力呀！」

邁克狐點點頭，繼續說：「船隨著浪潮遠離海岸的時候，這根木頭先卡在了礁石裡，連接著它們的繩子被扯斷，船繼續漂流，而木頭和繩子則留在了這裡。」

「你這也只是推測而已，這件事跟我有什麼關係！」寄居蟹用盡全力吼道，聲音甚至比猴子警官的還要大。

邁克狐卻不疾不徐地說：「啾颯在離海岸線不遠的礁石上發現了被卡住的船，上面正好有增加重量的沙袋和另外半根繩子。至於這艘船是誰的，寄居蟹先生，你不會不知道吧？」

聽了這話，寄居蟹終於不爭辯了，他嘆了口氣，伸出鉗子說：「你們把我抓走吧，我先說明，我做的事情，海星小姐都不知道！就算沒有我，她也一定能打敗海鷗小姐，獲得冠軍！」

第二天，選美比賽如期舉行。在比賽前，海星小姐知道了這一切，非常難過，但是她主動和海鷗小姐分享了同一個舞臺。

對海星小姐來說，寄居蟹這樣自以為是的行為不僅沒有幫助，反倒讓她非常傷心。後來，寄居蟹也終於了解自己的錯誤，決定以後要理智追星。

科學小站

潮汐現象

海水海面水位每天約有兩次的漲潮和兩次的退潮，這種現象是由海洋表面受到的潮汐力作用引起的。到了一定時間，海水迅速上漲，一段時間過後，海水又會消退下去，重新露出沙灘。

我們把在白天發生的海水漲落現象叫「潮」，在晚上發生的海水漲落現象叫「汐」。

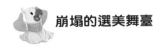

08 放大鏡下的真相

悠揚的音樂、美麗的裝飾和可口的食物構成了一場絕妙的聚會，百靈鳥小姐和朋友們聊得正開心呢，突然，一個保全人員驚慌地跑過來，大叫道：「不好啦！百靈鳥小姐，你家起火了！」百靈鳥小姐的杯子頓時掉到地上碎了，她驚慌地展翅飛出會場，朝家的方向飛去。

「我的房子！我的房子呀！」百靈鳥小姐飛到家的時候，大火已經被撲滅了。地上一片狼藉，她那在樹上的美麗房子已經被燒掉了一半，另一半也被燒得焦黑。

百靈鳥小姐哭了起來，這時，她聽到旁邊的花栗鼠消防員說：「經過初步檢查，確認起火的第一現場是小馬哥的房子，竄高的火苗點燃了百靈鳥小姐在樹上的房子，從而引起連環火災。」

聽了這話，百靈鳥小姐一下子飛到驚惶失措的小馬哥面前，揪著他的領子咆哮道：「一定是你！一定是你又亂扔菸蒂，上次點燃了我家樹下的小草，這次點燃了我家的房子！」

灰頭土臉的小馬哥臉都脹紅了，結結巴巴地說：「你……你血口噴人，這次絕對不是我！吸菸有害健康，我……我戒菸了！

我最近都沒抽菸！」

神探邁克狐路過火災現場時，看到的就是百靈鳥小姐和小馬哥快要打起來的場面。他們倆誰也不服誰，小馬哥更是一把抓過花栗鼠消防員，質問道：「你說，到底是什麼引起的火災！」

花栗鼠消防員哆哆嗦嗦地回答：「不……不知道啊……如果不是菸蒂，那就有可能是線路導致的……你的房子是茅草屋頂……上面都是亂接的電線，很容易短路起火……」

小馬哥臉紅脖子粗地說：「胡說！明明我今天都不在家，怎麼可能用電短路呢！」

花栗鼠消防員嚇得快暈過去了，這時，一個優雅的聲音拯救了他，「各位，請冷靜一下，讓我來看看到底是怎麼回事吧。」

大家一起轉過頭去，只見一隻身穿格子風衣、頭戴貝雷帽的白狐狸正在和他們打招呼。

是神探邁克狐呀！大名鼎鼎的神探邁克狐來了，百靈鳥小姐和小馬哥馬上停止了爭吵，轉身湊到邁克狐跟前。

百靈鳥小姐搶先說：「大神探，你要幫我做主呀！一定是這個亂扔菸蒂的小馬哥燒了我的房子！」

小馬哥趕緊反駁，「神探邁克狐，你要為我找回清白，這事真的與我無關啊！」

邁克狐沒有偏向任何一方，而是說：「大家放心，你們找到了我，就已經邁出了找到真相的第一步，我一定會查出原因。」

百靈鳥小姐瞥了一眼小馬哥，說：「你等著，要是大神探說起火的原因和你有關，我一定會找律師把你告到傾家蕩產！」

眼看著百靈鳥小姐和小馬哥又要吵起來，邁克狐趕緊低頭鑽進了案發現場。

儘管已經被燒得面目全非，但是邁克狐還是被小馬哥家裡的混亂場面震撼了。隨處可見的易燃物，到處亂拉的電線，無處不在的高功率電器，甚至連屋頂都是茅草這種易燃的材質！

看起來，確實像百靈鳥小姐說的那樣，火是從小馬哥的房子裡燒起來的。可是這真的只是一場意外嗎？邁克狐站在房間裡，皺著眉頭思索著，他總覺得哪裡不對勁。

他環顧四周，小馬哥的房間裡沒有被破壞得很嚴重，倒是屋頂燒得乾乾淨淨，這說明最先起火的地方在屋頂。

邁克狐用爪子托著下巴想：「這就有些奇怪了，如果是高功率電器引起的，那麼家裡的東西應該被燒得更嚴重才對……」

忽然，一束光照過來，晃得邁克狐的眼睛發疼。他抬頭，發現這束光線是從樹上百靈鳥小姐的家裡照射出來的。

為什麼百靈鳥小姐家裡會有光線射出來呢？這或許是一個很重要的線索。他馬上想到了百靈鳥小姐被燒毀一半的家。看得出來，百靈鳥小姐的家是被從小馬哥屋頂躥起的火苗燒毀的。僅剩一半的房子裡，有床、明亮的化妝燈，還有一面巨大、可轉動的電動化妝鏡。

外面的陽光照在鏡子上，經過反射，可以直直照進樹下小馬哥的房子裡。剛剛晃到邁克狐的那束光就是這麼來的。

這個化妝鏡真的是太大太豪華了。邁克狐湊過去仔細觀察，百靈鳥小姐注意到邁克狐在觀察化妝鏡，連忙飛過來，用翅膀捧起了鏡子，說：「還好，還好。這個大鏡子沒被燒壞。」

看到邁克狐疑惑的樣子，百靈鳥小姐驕傲地說：「我雖然不是什麼大明星，但也是一個有很多粉絲的直播主呢。我最近買的這個全自動智慧鏡，就是專門為直播準備的。今天我一直在交流會上，要不是有人通知我，我還不知道我的家都被燒掉了……唉，今天的直播也做不成了，不知道要損失多少錢呢。」

說著說著，百靈鳥小姐的眼圈都紅了，可憐兮兮地說：「大神探，請您一定要找到火災的起因，我好找人賠償啊！」

邁克狐神祕地微笑著說：「放心，任何罪惡都逃不過我的眼睛。」

說完，他就離開了百靈鳥小姐的家，在小馬哥的後院搜索起來。「如果我猜得沒錯……那麼這裡一定有那個關鍵性道具。」邁克狐自言自語道。

過了好一會兒，邁克狐拍拍風衣上的灰和手上的土，離開了小馬哥的家。

當大家圍過來詢問邁克狐案件進展的時候，他抱歉地對大家說：「不好意思，我現在什麼都沒找到，天色已晚，我們明天再查吧。」

說完，邁克狐就離開了。大家你看看我，我看看你，不知道大神探葫蘆裡賣的什麼藥。就這樣，天黑了，夜深了，月光灑滿大地，被警戒線圍起來的失火現場一片寂靜。

暫時失去住處的小馬哥和百靈鳥小姐被安置到了不遠處的旅館，等待接下來的安排。

月色下，一陣腳步聲迴盪在寂靜的夜裡，一個身影隱沒在夜色中溜進了被封鎖的火災現場，上下翻找起來。

「去哪兒了呢……」那個身影東翻西找，終於停留在了小馬哥的後院。

「哈哈，找到了！還好今天那個邁克狐沒發現這個，哼哼，什麼神探嘛，還沒有我聰明——哎喲！」

忽然，一束強光照射到那個神祕的身影——百靈鳥小姐的身上，一時讓她連眼睛都睜不開了！

「百靈鳥小姐，請解釋一下，你手裡拿的是什麼，要大半夜跑到這裡來翻找！」

百靈鳥小姐睜開眼睛，發現眼前站著花栗鼠消防員、豬警官，還有……神探邁克狐！

邁克狐的眼睛閃著智慧的白光，而花栗鼠消防員和豬警官則目瞪口呆，連下巴都快掉下來了！

邁克狐不等百靈鳥小姐解釋，繼續說：「讓我猜一猜，你剛剛找到了一個放大鏡，對吧？」

豬警官走到百靈鳥小姐面前，發現她的翅膀裡果然藏著一個放大鏡。

「天哪，邁克狐，你是怎麼知道的？」豬警官驚訝地問。

「因為我知道，百靈鳥小姐是來回收她的縱火工具，而放大鏡，就是她的縱火工具。」邁克狐答道。

放大鏡怎麼會是縱火的工具呢？

百靈鳥小姐的臉唰的一下變白了，聲音顫抖著反駁，「你……你有什麼證據！」

皎潔明亮的月光下，只聽邁克狐打了個響指，周圍的燈光全部熄滅了，一束白光唰地照向百靈鳥小姐手中的放大鏡。

大家驚訝地抬頭，發現啾颯正在百靈鳥小姐的家裡移動那面巨大的化妝鏡。

明亮的月光照在化妝鏡上，然後被鏡面反射出來，啾颯將化妝鏡往上翻一點，被反射的月光就往前移一點；將化妝鏡往下翻一點，月光就往後退一點。

這時，邁克狐繼續說：「大家都看到了，透過鏡子的反射，是很容易將光線照射到指定的位置。只要百靈鳥小姐提前設定好程式，這面大鏡子就能隨著陽光的角度慢慢改變自己的角度，讓陽光能一直照在小馬哥的茅草屋頂上。這樣一來，百靈鳥小姐就算不在家，事情也能順利進行，不如讓我們把這面鏡子搬到警察局去看看，裡面到底有沒有這樣的程式。」

百靈鳥小姐聲音顫抖著，繼續反駁，「就算我讓鏡子一直反射陽光，但只是被太陽照一下，難道茅草屋頂就會起火嗎？」

「這個嘛，就要問你手裡的放大鏡了！」

豬警官終於找到了問話的機會，趕緊說：「哼哼，邁克狐，你快說說，放大鏡到底是怎麼引起火災的？」

邁克狐自信地笑笑，從懷裡掏出自己的放大鏡，將放大鏡放到啾颯反射過來的月光下。大家湊過去一看，哎呀，月光透過放大鏡，變成了一個小光點！

「因為放大鏡是中間厚、兩邊薄的凸透鏡，所以光線透過它的時候就會發生折射，最後聚集在一起。百靈鳥小姐先趁小馬哥不注意，將放大鏡安裝在他的茅草屋頂上，再讓鏡子持續不斷地將陽光反射到放大鏡上。放大鏡聚集的陽光就像點火器一樣，很容易就能點燃乾燥易燃的茅草屋頂。我說得對嗎，百靈鳥小姐？」

撲通一聲，百靈鳥小姐跪坐在地上，手裡的放大鏡也掉在一旁。她哭泣著說：「我……我就是想給小馬哥一個教訓。他老是亂扔菸蒂，有一次還點燃了我家樹下的小草……他還喜歡半夜唱歌，打擾我睡覺……我……嗚嗚嗚嗚……」

邁克狐搖搖頭，嚴肅地說：「無論你再怎麼不滿，也不該用違法犯罪的手段去報復別人。否則就會像現在一樣，不僅燒毀了自己的房子，還要遭到法律的制裁。」

就這樣，神探邁克狐解決了小馬哥房子失火的問題，成功抓到了利用放大鏡縱火的百靈鳥小姐，就像他說的：任何罪惡都逃不過他的眼睛。

對了，之後小馬哥蓋新房子的時候，還專門請花栗鼠消防員來檢查過，確保沒有一點火災危險才敢住進去呢。

科學小站

凸透鏡

放大鏡為什麼能夠點火呢？這是因為放大鏡是一種中間厚、兩邊薄的凸透鏡。當太陽光線穿過凸透鏡，原本分散的光線就會被聚集起來，提高溫度。當溫度達到物體燃燒的燃點時，就會著火。不過，大家千萬不要玩火喲！

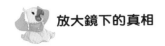

偵探謎題

千面怪盜偷走了海底旅館的珍寶，當邁克狐和啾颯趕到的時候，旅館的客人都已經離開了。根據店主回憶，竊盜發生時，旅館一共住著兩位客人，一位是因為長了蛀牙來看牙醫的鯊魚先生， 另一位是到海葵灣來旅遊的小丑魚小姐。

邁克狐經過一番調查，認為鯊魚先生和小丑魚小姐中的一位是千面怪盜假扮的。那麼千面怪盜究竟假扮成了誰？邁克狐應該對誰展開追蹤呢？偵探助理， 快來幫助邁克狐吧！

聰明的偵探助理，你知道千面怪盜假扮成了誰嗎？啾颯把解答這個問題的線索藏在本書第 30 頁到第 70 頁間的神祕數字裡。請你找到這些神祕數字，再使用書末的偵探密碼本，找出最後的答案吧！

09

謎語下的珍寶

在離邁克狐的茶壺別墅不遠的地方，有一間美麗的花店，那裡一年四季都有當令的鮮花出售，這間美麗花店的主人，是一個可愛的白狼姑娘——愛琳娜娜。今天，愛琳娜娜帶著一張羊皮紙敲響了邁克狐家的門，她會帶來怎樣神奇的案件呢？

陽光明媚的清晨，邁克狐正與他的客人一起吃早飯，桌子上的花瓶裡插著一束帶著露水的鮮花，那是客人帶來的禮物。客人是誰，這麼早拜訪邁克狐又有什麼重要的事情呢？

「請您看看這個吧。」花店主人愛琳娜娜拿出一個精緻的盒子說。

邁克狐打開盒子，裡面有一個用絲帶綁好的羊皮紙卷軸。他疑惑地看向愛琳娜娜，並沒有直接打開卷軸，像是在徵求她的同意。

愛琳娜娜的眼圈似乎有些紅了，她輕輕地說：「神探邁克狐先生，請您打開它吧。這是我在父母給我留下的東西裡找到的。這個卷軸居然是空白的……這裡面一定有什麼祕密，請您為我解開它吧！」

原來，愛琳娜娜十六歲的時候，父母就離奇失蹤了，再也沒回來。可憐的愛琳娜娜依靠著花店生活了五六年，一直都想找到他們。現在，她在父母給她留下的東西裡，找到這樣一個盒子，也許這就是找到他們的線索。

邁克狐點點頭，打開卷軸，上面確實乾乾淨淨，什麼也沒有。愛琳娜娜愁容滿面，啾颯一頭霧水，可這些都難不倒我神探邁克狐。只見邁克狐拿起桌上澆花的噴壺，唰唰幾下就把卷軸噴得濕濕的！

「天哪，邁克狐，你這是在做什麼？」愛琳娜娜急得一把抓過卷軸，想要檢查卷軸有沒有受到損壞。當她再次觀察卷軸的時候，卻發現上面竟然出現了字跡！

Happy
Birthday

自原點而去，迷途之地，
那北天僅有的珍寶，指引正確的道路；低谷之時，
那從東至西的異類，給予唯一的禮物。

看到愛琳娜娜震驚的神情，邁克狐微笑著說：「我以前破過一個類似的案件，有一種叫作無水硫酸銅的白色物質，遇水就會變成藍色。如果我們用這種藍色的水寫字，水乾了，字跡就消失了，不過再噴上水，字就會出現。好了，先讓我們看看這首謎語詩吧！」

這首謎語詩其實包含兩個謎底，而且很明顯，它們都指向一份禮物。

看著愛琳娜娜那雙含著淚水與期待的眼睛，邁克狐放下卷軸，堅定地說：「你放心，我一定會解開謎底，幫助你找到這份禮物。畢竟，你找到了我，就已經邁出了找到真相的第一步！」說完，邁克狐起身走進了自己的書房，一邊翻書一邊思考起來。

「迷途之地……北天的珍寶……正確的道路……」邁克狐拿出一根棒棒糖塞進嘴裡，大腦快速地思考，「迷途，是說迷路的時候。難道說，迷路的時候用了這個珍寶，就能找到正確的路了？」

聽了這話，啾颯跑過來，手裡捧著一個指南針遞給邁克狐。

「啾啾，啾啾啾！（指南針，指方向！）」

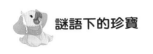

邁克狐先是眼睛一亮，然後搖搖頭，遺憾地說：「不，不對。啾颯，雖然指南針能夠準確地指向北極，幫助大家分辨方向，但是它並不是唯一的東西呀！」

「啾……啾啾……（好……好吧……）」

時間漸漸過去，太陽落下，月亮升起，夜空中閃爍著點點星光。邁克狐就這樣在書房裡思考了整整一天。啾颯實在是看不下去了，連拖帶拽地把他拖到院子裡一起吃晚飯。

「啾啾，啾啾啾！（到吃飯時間了，休息一會兒再想吧！）」

邁克狐拿起刀叉，點點頭說：「啾颯你說得對，休息是為了走更長遠的路。我想了一天都想不出謎語的答案，還是先吃點東西吧。」

「啾啾！（就是這樣！）」

今天天氣晴朗，夜晚，滿天的星星組成一個個星座。邁克狐指著其中一個星座對啾颯說：「啾颯，你看，天上那個像勺子一樣的星座，就是傳說中的北斗七星。從北斗七星的勺子口看下去，那顆明亮的星星就是北極星。北極星永遠指向北方，大家能靠這個辨別方向呢。」

「啾啾啾啾啾！（這些我早就知道了！）」

邁克狐繼續說：「那你知道嗎，我們居住的星球最中間的一條緯線叫作赤道，這條線把星球分成了南北兩個半球。只有在北半球才能看到北極星！」

一瞬間的沉默後，邁克狐手裡的刀叉落到了盤子上，把啾颯嚇了一大跳，他緊張地看著張大嘴巴、一動不動的邁克狐。

「那北天僅有的珍寶，指引正確的道路……」只有北半球才能看到北極星……

「我知道了！」

邁克狐說完，立刻跑到客廳，穿上格子風衣，戴好貝雷帽，衝出家門。

「啾啾，啾啾啾？（邁克狐，你要去哪兒？）」

邁克狐迅速地跑到花店咚咚咚地敲門。門剛一打開，愛琳娜娜還沒來得及說話呢，就聽到邁克狐氣喘吁吁地說：「我知道第一個謎底了！」

聽了邁克狐的話，愛琳娜娜先是為氣喘吁吁的邁克狐和啾颯

科學小站

北極星

北極星是最靠近北天極的一顆恒星。

由於地球以地軸為中心不斷自轉，北極星在夜空的位置幾乎就在地球自轉軸的上方，所以北極星與地球的相對位置是幾乎不動的。從古至今，人們在野外都用北極星來辨別方向。

倒了茶，這才激動地問：「您將謎語解開了？」

邁克狐點點頭，指向北邊天空那顆明亮的星星，解釋道：「北天僅有的珍寶，指的就是只有在北半球才能看到的北極星啊！而北極星在正北方，自古以來大家都用它辨別方向！」

愛琳娜娜驚訝地叫道：「所以第一個謎底就是北極星！自原點而去，指的肯定是爸爸媽媽留給我的這棟房子。我們只要從房子出發，跟著北極星走，就可以了嗎？」

邁克狐自信地點點頭。

愛琳娜娜跑回房間，沒過一會兒，就穿戴好適合遠行的裝備，和邁克狐他們一起踏上了旅途。天上的北極星是那麼明亮，而愛琳娜娜在路上卻緊張得一言不發。他們走啊，走啊，朝著北方堅定不移地走啊，走啊，很快來到了一個小山腳。歪歪斜斜的小路一直向黑漆漆的樹林延伸，誰也不知道裡面會有什麼。

「啾……啾啾……（好……好黑呀……）」啾颯有些害怕地縮到邁克狐身後。

邁克狐摸摸啾颯的腦袋，說：「別怕，啾颯，我會保護你。」

「啾啾！（還有愛琳娜娜！）」

邁克狐看向愛琳娜娜，卻發現這位白狼姑娘的眼中充滿了鬥志，她的耳朵豎起，仔細聽著樹林裡的動靜，然後對大家說：「我聽過了，裡面沒有奇怪的聲音，也沒有奇怪的味道。走吧，我有預感，這個森林裡就有答案。」

邁克狐點點頭，三個人一起走進樹林。樹林裡黑漆漆的，沒有一點月光和星光。他們一人拿著一個手電筒照著前方狹窄的道路，小心翼翼地向前挪動。

突然，啾颯胖胖的身體像是撞到了什麼，只聽匡噹一聲，啾颯竟然朝懸崖下摔去！「啾——（救命——）」

就在這千鈞一髮之際，愛琳娜娜朝啾颯一躍，抓住他的翅膀朝邁克狐的方向一扔，隨即後腿用力蹬了一下崖邊的小樹。小樹的彈性將愛琳娜娜彈到半空中，只見她優雅帥氣地在空中轉了個圈，穩穩地降落在地上。

這一套動作讓邁克狐和啾颯都驚呆了。而愛琳娜娜則不好意思地說：「我……我學過體操，所以身手比較靈活……我們還是快走吧！」

「啾啾！（太厲害了！）」啾颯崇拜地跟了上去。

邁克狐卻覺得，剛剛愛琳娜娜的那個動作自己在哪裡見過……正當他思考的時候，不遠處傳來了愛琳娜娜和啾颯興奮的叫聲，「快來呀！邁克狐先生！」

走出樹林後豁然開朗，眼前是一個小小的懸崖，懸崖邊栽種著一片向日葵。金碧輝煌的向日葵正微微地垂著腦袋，彷彿在睡覺呢。

「那麼，第二個謎語是『那從東至西的異類，給予唯一的禮物』。看來，那個異類就在這些向日葵之中。」邁克狐說。

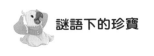

愛琳娜娜和啾颯都點點頭表示同意。

可是這裡有這麼大一片向日葵，究竟哪一株才是謎語中所說的「異類」呢？啾颯衝進花田一株一株地觀察，但在他黑豆似的眼睛裡，所有的花都長得差不多。

邁克狐和愛琳娜娜都站在一旁思考起來，不知不覺地，天漸漸亮了。

曙光照耀著這一片向日葵，為它們披上了金色的外衣，真是美麗極了。漸漸地，天光大亮，向日葵也開始追逐陽光，轉動著它們的花盤。

「從東至西的異類……」邁克狐的眼睛一動不動地觀察著面前的花朵，試圖找出不同的那一朵。

可這次，愛琳娜娜卻徑直走向其中一朵，說：「它就是謎底！」那是一株美麗的向日葵，啾颯和邁克狐都看不出它和其他的向日葵有什麼不同。

愛琳娜娜調皮地笑笑，說：「嘻嘻，這你們就不知道了。向日葵只有在小時候才會追著陽光跑，當它們成熟盛開之後，就不會再轉動自己的花盤了。而這一朵盛開的向日葵卻仍然在轉動，就說明……它是假的！」原來是這樣！

當愛琳娜娜的手指碰上這朵「異類」向日葵的花瓣時，它竟然迅速地凋謝了！花瓣一片片落在地上，花盤咔嚓一聲打開，露出了一個盒子。

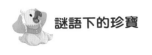

邁克狐和啾颯站在愛琳娜娜的身後，靜靜地看著這位美麗的白狼姑娘流著眼淚打開盒子。

裡面是一條美麗的項鍊，項鍊上寶石做成的北極星正在陽光下閃閃發光。就這樣，神探邁克狐和愛琳娜娜一起解開了兩個謎語，成功找到了愛琳娜娜的父母留給她的禮物——北極星項鍊。這條項鍊會與愛琳娜娜父母的失蹤有關係嗎？愛琳娜娜又能否找到自己的父母呢？

這些問題的答案，等待你和他們一起去尋找！

10

大師現形記

書房裡，邁克狐舒服地坐在柔軟的沙發上，優雅地端起啾颯剛剛泡好的紅茶，輕輕啜了一口。

他看著坐在對面走神的豬警官，問道：「豬警官，我剛剛說的線索你都記下來了嗎？」

豬警官一抖，這才回過神來，哈哈一笑，說：「記住了，記住了，你瞧，我都記在本子上了！」

說著他就把本子舉起來，朝邁克狐抖了抖，可是，本子上哪裡有什麼線索呀，只有幾行凌亂的字：「媽媽最近在做什麼？白樺林裡面到底有什麼？」

看著這凌亂的字跡，聯想到豬警官心不在焉的狀態，邁克狐關切地問：「豬警官，你在為什麼煩惱呢？作為朋友，我想為你做點事。」

一向樂天的豬警官此刻眼淚落了下來，哭訴道：「嗚嗚……邁克狐，我媽媽，她最近很奇怪，每次我去看她，她都在家裡用各種奇奇怪怪的儀器治病。現在連啄木鳥醫生給她開的藥也不吃了，她可是剛剛動過手術，必須要吃藥啊。

「而且更奇怪的是，本來昨天我要接媽媽去醫院複診，然而，爸爸卻說她一早就出門了。我一路打聽，找到了黃沙公園的白樺林裡。可是，我在那麼大一片樹林裡找了半天都沒找到她。到了下午，她又自己回家了！我要帶她去醫院，她卻要我別理她，今天她又獨自去白樺林了！我怎麼可能不理她呢，嗚嗚……真是急死我了。」

事關重大，聽到這兒，邁克狐一把抓起風衣披在身上，翻飛的衣角讓他看起來瀟灑又帥氣，他朝豬警官微微點頭，金絲框眼鏡閃過一道白光。「走吧，我們一起去把這件事弄清楚。」

天空中烏雲翻滾，先是擠出一滴雨滴，啪嗒一聲，落在黃沙公園的大門上，接著大雨就嘩嘩地下了起來。

雨幕下，雨點劈里啪啦地打在傘上，像是斷了線的珠子。豬警官的心揪了起來。

「這可有點糟糕，雨水會把所有腳印和線索沖刷乾淨。今天還能找到嗎？」他偷偷瞥著邁克狐的臉色，擔心地想。

可是站在雨幕中的邁克狐卻嘴角微翹，朝空中伸出一隻爪子，靜靜等待著什麼。突然，雨聲中傳來翅膀拍打聲，一個雪白的身影從空中降落，原來是「空中快遞」的隊長白鴿來了。

白鴿隊長落在邁克狐的肩膀上，附耳說著什麼，隨後白鴿隊長又拿出一張白紙，飛快地畫起來，畫完後朝邁克狐點點頭，說：「祝你好運！我們下次再見！」

豬警官趕緊湊上來，只見白紙上畫著整個黃沙公園的地形圖。邁克狐指著白樺林中的一棟房子道：「鴿子的腦中有一幅認知地圖，他們可以根據地球的磁場和太陽的位置確定方向，並在腦中把地形繪製出來。而這棟房子，是整個黃沙公園中最可疑的地方。」

白樺林中那棟破敗的房子中，此刻正擠滿了動物，煙霧繚繞的大廳裡，一股淡淡的香味在空氣中瀰漫，邁克狐趕緊讓豬警官和啾颯捂住口鼻。這個味道不簡單。

幾個人悄悄朝房間中央那個被動物們圍住的高臺靠近。

高臺一側的床上正躺著一個哼哼唧唧、腿上打著石膏的矮腳驢。另一側是一隻穿著馬褂的黃鼬，他正圍著一口咕嚕咕嚕冒著泡的大油鍋轉圈，嘴裡還念念有詞：「天靈靈，地靈靈，嗚嗚哇啦……嗚嗚哇啦……」

接著，黃鼬右爪一揮，朝天空一指，就把爪子伸進了冒著滾滾油煙的熱油中。黃鼬這離奇的行為讓臺下的動物們發出驚嘆。

「天哪！」

「他不痛嗎？他是神仙嗎？」

可黃鼬看起來不但不痛苦，相反，還一副非常享受的樣子。他在熱油中摸來摸去，嘩啦一聲抓出一顆奇形怪狀的石頭。

他將這塊石頭放在矮腳驢打著石膏的腿上比畫一陣，矮腳驢突然精神一振，一改先前病歪歪的樣子，嗖地跳下床來，扯掉了腿上的繃帶，蹦蹦跳跳地叫著：「天哪！不可思議！我的病好了，我又能跑能跳了！哈哈……」

看到這兒，臺下的動物們頓時沸騰了，紛紛舉著鈔票朝高臺

擁去。

這時，黃鼬的身後不知什麼時候多了好多盒子。黃鼬喊道：「各位，各位，不要擠，不要擠，這是我冒著生命危險從火山口找到的奇石，你們只要加熱後敷在患處，不管是新病還是舊疾都能不藥而癒！」

「大師，我買一塊！哎喲，別踩了，我的鞋子都掉了。」

哎，這不是豬媽媽的聲音嗎！

這下，邁克狐他們全明白了，原來豬媽媽的反常行為就是受了這隻黃鼬的迷惑呀。

豬警官氣得滿臉通紅，呼哧呼哧地喘著粗氣說：「這……這一定是騙子！我要去揭穿他！」

邁克狐拍拍他的肩膀，勸道：「豬警官，大家有可能已經被某種致幻的藥物控制了，你說的話他們是不會相信的。我自有辦法，現在請你去呼叫警局的同事過來吧！」

然後邁克狐又俯身在啾颯的耳邊說了什麼，啾颯聽完轉身出去了。不一會兒，啾颯就帶著一個包裹回來了，邁克狐點點頭，說：「今天就是『大師』現形的日子。」

在臺上的黃鼬賣石頭賣得起勁的時候，一陣啾啾聲吸引了大家的注意。

「啾啾啾！（大家聽我說！）」

在眾人驚訝的目光中，啾颯威風凜凜地走上了高臺。而他身後的是蒙著臉、彎著腰，偽裝成跟班的邁克狐。

忙前忙後的矮腳驢嗷嗷地叫起來，「你們是誰？下去，下去，不要搗亂！」

啾颯身後的跟班吼道：「笑話，我看誰敢在啾颯……啾大師面前大呼小叫！」

矮腳驢笑得耳朵都快飛起來，「哈哈，大師是你們隨便亂叫的嗎？我看你們真的是……」

說著，他屁股一扭，剛想使出飛踢絕技，可是卻被一旁的黃鼬攔了下來。這會兒，黃鼬已經收起了數錢時的貪婪模樣，裝作很有風度的樣子，假惺惺地說：「既然這樣，就讓他們露兩手吧。」

啾颯立刻撲扇著翅膀跳到紙箱上，一揮自己短短的翅膀，身後的跟班迅速而恭敬地將一張白紙舉到啾颯的身前。

啾颯像煞有介事地閉上了眼睛，小翅膀在紙上比畫一陣，嘴裡也念念有詞，像是在念什麼咒語：「啾啾啾啾——啾——啾啾——」

接著，他的翅膀輕輕一搓，呼啦一聲，一點火光在啾颯的翅膀間燃起。這可把臺下將信將疑的眾人給嚇了一跳，難道這位啾……啾什麼的小東西真是什麼世外高人？

啾颯嘴角一勾，按照邁克狐教他的方法，把點燃的火焰朝白紙上一指，火焰立刻飛了過去，唰的一聲，白紙被點燃了。出乎所有人意料的是，白紙沒有化成灰燼，反而是按照啾颯剛才在紙上比畫的痕跡遊走起來。

瞬間紙屑落下，火焰熄滅，紙上竟然留下了幾個大字：「江湖騙術，不要輕信！」

就在這時，緊閉的大門被人打開了，夾雜著寒意的風將房子裡的香味吹散，剛才還在狂熱地往上擠的群眾，一下子都變得清醒了。黃鼬和矮腳驢還不死心，他們兩個一聲高過一聲地叫囂著，「你不要胡說，黃鼬大師可是滾油取物的第一人，你們才是江湖騙子。」

他們的話音剛落，那個一直縮在角落裡的跟班卻突然站直了身子，將身上披著的黑布扯掉。

「邁克狐？」

「哇，神探來了……」

黃鼬難以置信地說：「邁克狐，神探……邁克狐？」

邁克狐回答：「沒錯，任何罪惡都逃不過我的眼睛。你們的把戲早就被我識破了。」

說著，邁克狐就將鍋中的液體灑在地上，頓時傳來一股酸味。

「這是……醋？」臺下有人小聲猜測。

邁克狐解釋道：「沒錯，就是醋，這位所謂的黃鼬大師根本不是什麼滾油取物第一人。他先在鍋中倒入了醋和鹽，然後再倒入油。油的密度比醋小，會浮在上面。而醋的沸點比油低，所以鍋中加熱的時候，首先沸騰的是鍋底的醋，冒著泡的樣子好像很燙，但是就算把手伸進去也不會被燙傷。」

啾颯又舉著被燒出字的白紙著急地踮起腳尖，啾啾地叫著，想要引起邁克狐的注意。

邁克狐繼續解釋，「我的助手啾颯的表演，其實也很簡單。他的手指上沾了白磷，這是一種燃點很低、非常容易自燃的物質，所以他的翅膀在摩擦之後才會突然起火。」

等到邁克狐說完，啾颯就一臉驕傲地從手上摘下一隻黑色的手套。邁克狐補充道：「對了，白磷燃燒時會產生熱量，如果用手去拿可是會被燒傷的，大家千萬不要隨便模仿。而紙上燃燒的痕跡是我們事先用一種製作煙火的材料——硝石——弄出來的。將它溶於水後寫在紙上，等紙乾了就可以做出你們看到的火焰遊走的效果了。」

科學小站

白磷

白磷是一種化學物質，燃點非常低，很容易自燃。人們有時候晚上在野外見到星星點點飛舞的綠色火焰，那可不是什麼「鬼火」，而是白磷在空氣中氧化發出的微光喲！

「哦，原來是這樣啊。」大家紛紛竊竊私語起來，看黃鼬的眼神也充滿了懷疑。站在一旁的黃鼬和矮腳驢見勢不妙，跳下了高臺，黃鼬還一邊跑一邊放了一連串非常非常臭的屁，一下就把眾人薰得頭暈眼花。

可是還沒等他們跑出房子，門外就傳來了一陣警笛的聲音。豬警官一馬當先，朝黃鼬和矮腳驢飛撲過去，啪的一聲，就將準備逃跑的兩個騙子壓在了他胖胖的大屁股底下。

「你們不能這樣對我！我可是……我可是神的僕人！」黃鼬還沒說完，就被豬警官一蹄子拍暈了。

被豬警官帶回警局的黃鼬老實交代了作案經過：他和矮腳驢看準了長輩希望身體健康的心理需求，用騙術取得他們的信任，在表演時，將一種藍色的牽牛花作為薰香，這種牽牛花會讓人產生輕微的幻覺，讓大家更容易受騙。

知道了黃鼬和矮腳驢真面目後的豬媽媽也不再迷信大師了，她乖乖按照醫生的建議，按時吃藥，積極治療。並且在恢復健康後，多吃水果蔬菜，定時運動，身體很快就變得健康了！

偵探
小劇場
萬能助理
神探邁克狐的萬能
偵探助理。
姓名：啾颯
種族：啾啾族
職業：偵探助理
文能尋找線索。
武能打擊罪犯。
可是他有一個很大的
弱點……
就差一點了啾！
腿太短……

偵探密碼本

邁克狐的偵探事務所裡，有一個被珍藏的密碼本。當偵探助理們在書中遇到謎題時，可以根據謎題中留下的數字線索，通過密碼本將數字轉化為英文字母。

不過，其中有一個英文字母是多餘的，去掉才能組成正確的單字喲。得到正確單字後，偵探助理們就可以得到本書中謎題的答案啦。

快來和啾颯一起，成為邁克狐的得力助手吧，啾啾啾！

	1	2	3	4	5	6
1	P	V	B	U	Y	O
2	Q	A	M	L	D	K
3	R	S	C	S	I	J
4	W	H	T	E	N	M
5	F	X	Z	L	G	D
6	G	X	Y	Q	E	F

密碼偵探備忘錄使用方法：每組數字的第一位表示字母在第幾排，第二位表示在第幾列。例如數字 52 表示在第 5 排第 2 列，字母為 X。

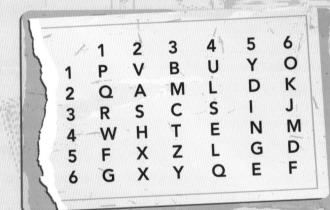

偵探密碼本解答

	1	2	3	4	5	6
1	P	V	B	U	Y	O
2	Q	A	M	L	D	K
3	R	S	C	S	I	J
4	W	H	T	E	N	M
5	F	X	Z	L	G	D
6	G	X	Y	Q	E	F

書中數字：32、42、22、63、31、26

答案：shark

其中Y為干擾因子，鯊魚先生是千面怪盜假扮的，因為鯊魚先生說自己長了蛀牙，這明顯是撒謊。

鯊魚有一口非常鋒利的牙齒，但很少人知道，鯊魚的牙齒並不像大多數動物那樣固定在頜骨上，而是附著在軟組織上，所以鯊魚的牙齒非常容易脫落。但不用擔心，鯊魚嘴裡還長著許多備用牙齒，當前排的牙齒脫落，後排的備用牙齒就會被推到前面，成為鯊魚新的利齒。

鯊魚一生要換掉幾萬顆牙齒，而且他們的牙齒有一層防止蛀牙產生的氟化物覆蓋，所以根本不會蛀牙。

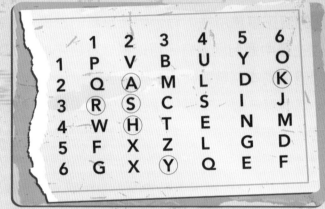

國家圖書館出版品預行編目 (CIP) 資料

神探邁克狐（2）/ 多多羅著 . -- 初版 . -- 臺北市 : 晴好出版事業有限公司出版 ; 新北市 : 遠足文化事業股份有限公司發行 , 2024.02- ;14.8×21 公分
ISBN 978-626-7396-29-2（第 2 冊 : 平裝）

857.7　　112021090

Y102

神探邁克狐

怪盜的原則② 千面怪盜篇

作　　者｜多多羅
繪　　者｜心傳奇工作室
審　　訂｜李曼韻
責任編輯｜鍾宜君
封面設計｜FE 工作室
內文設計｜簡單瑛設
校　　對｜呂佳真

出　　版｜晴好出版事業有限公司
總 編 輯｜黃文慧
副總編輯｜鍾宜君
行銷企畫｜胡雯琳、吳孟蓉
地　　址｜104027 台北市中山區中山北路三段 36 巷 10 號 4 樓
網　　址｜https://www.facebook.com/QinghaoBook
電子信箱｜Qinghaobook@gmail.com
電　　話｜（02）2516-6892　　傳　　真｜（02）2516-6891

發　　行｜遠足文化事業股份有限公司（讀書共和國出版集團）
地　　址｜231023 新北市新店區民權路 108-2 號 9 樓
電　　話｜（02）2218-1417　　傳　　真｜（02）2218-1142
電子信箱｜service@bookrep.com.tw
郵政帳號｜19504465（戶名：遠足文化事業股份有限公司）
客服電話｜0800-221-029　　團體訂購｜02-22181717 分機 1124
網　　址｜www.bookrep.com.tw
法律顧問｜華洋法律事務所／蘇文生律師
印　　製｜凱林印刷
初版 3 刷｜2024 年 7 月
定　　價｜300 元
I S B N｜978-626-7396-29-2 (平裝)

版權所有，翻印必究
特別聲明：有關本書中的言論內容，不代表本公司及出版集團之立場及意見，文責由作者自行承擔。

本作品中文繁體版通過成都天鳶文化傳播有限公司代理，經中南博集天卷文化傳媒有限公司授予晴好出版事業有限公司獨家出版發行，版權歸屬珠海多多羅數字科技有限公司，非經書面同意，不得以任何形式，任意重制轉載。